鲁 山 人 陶 説

KITAOJI
ROSANJIN

鲁山人陶说

北大路鲁山人

ろさんじんとうせつ

何晓毅———译

北京联合出版公司
Beijing United Publishing Co.,Ltd.

译者序

美食的雅装
——说鲁山人及《鲁山人陶说》

在日本，已经逝去几十年的北大路鲁山人也算是个了不起的人物。虽然严格意义上不能算家喻户晓，但一般意义上说的人人皆知应该是没有问题的。如果你在街头随便向路人打听鲁山人是个什么人，他们十有八九都会说是个美食家。鲁山人美食家名声太大了。其次是十有六七还会竖起大拇指说鲁山人是个了不起的陶艺家。鲁山人的陶瓷艺术，在日本近代陶瓷制作史上，也算是独树一帜，自成一家，称得上伟大了。再次之，十有三四，也就是那些真正了解鲁山人的人，应该还会说鲁山人是个了不起的书法家、了不起的篆刻家、了不起的雕刻家、了不起的画家、了不起的漆器艺术家……总之几乎所有与艺术有关的事情，他都能来两下子，而且来的那两下子，无一例外还都取得了不起的成就，都成为那个行道的翘楚。如此奇才奇人，在日本近代史上也算是绝无仅有了，称之为奇迹一点不夸张。

就是这么一个了不起的干啥啥成的人，晚年却基本上把全部精力都用在了陶瓷器的制作上。几十年的忘我投入，我们可以想象鲁山人陶瓷器艺术的成就会有多大，会有多么了不起。

那么鲁山人到底是个什么人，鲁山人为何开始制作陶瓷器，鲁山人用什么精神制作陶瓷器，鲁山人制作的陶瓷器到底如何等等，有关这些问题，其实大部分只要看了本书中鲁山人的随笔和杂谈就能知道。本文仅结合译者的感想，简单解说一下，聊作导读吧。

草根逆袭

鲁山人明治十六年（1883）生于京都上贺茂神社下属的一个社家家庭。本名北大路房次郎。他家虽然属于神社，却是众多下层社家之一，家境非常贫寒。鲁山人出生前父亲自杀，作为遗腹子出生后不到七天，就被送给人当养子。后来被转送多次，最后被送到一个叫作福田武造的木板师的家。这个福田也是个不务正业的，每日只知喝酒赌博，常常几日不沾家门。当然也是缺衣少食。鲁山人小学四年毕业时，就被送到人家去做"丁稚奉公"（童工）。他后来跟人对谈时说："小的时候，我被送到穷得叮当响的人家。穷人家不会想到要把孩子培养成人，所以就像扔垃圾一样把我扔给人家当养子了，可见我自己的生家已经穷到什么地步了。就这样被送来送去，去的都是穷得叮当响的人家。有一段时间，我都不知道自己有几个父母。我被送到这样的家庭，所以从没被人当作亲生子养育过。我活到今天，没有兄弟姐妹，没有伯父叔父、姑妈姨妈，总之凡是与血缘有关的，都与我无关。"（《日本味道》）

所以用流行的话说，小时候的鲁山人就是一个不折不扣的"草根"。一般情况下，他的命运大概都能想象：小时给人打工，长大一点后参军打仗，如果命大不死，回到日本因为没受什么教育，只能在小作坊当个工人。然后命好的话就能结婚生子，随着社会的发展，过上小确幸的生活。

但是也许天才和凡人的区别就在于此吧，鲁山人似乎命中注定就是一个不一般的人，命中注定不会过上普通的生活。他15岁左右开始跟人学习写字画画，马上就崭露头角。他参加的习字比赛，每次都获大奖。17岁的时候看到画广告牌能挣钱，自己开始画，马上就成为西洋广告牌名手。20岁上京后，一幅隶书"千字文"，一举获得当年日本美术展览会一等奖。当时日本年轻男人都被征兵，但也许老天爷惜才，竟使他因近视躲过了这一劫。然后他自学篆刻等，又是自成一家。他喜欢吃，看不上别人做的，本来是自己做自己吃，后来竟做到开美食俱乐部，给会员吃，又轰动当时东京各界，每日车马成龙，竟被警察警告。后来开始制作陶瓷器，住到镰仓山里，自己动手制作并绘图以及装窑烧制，又成为最有名的陶艺家。

鲁山人的人生，如果用一句话总结，就是一个穷草根不向命运低头，不向社会妥协，不受命运摆布，靠自己的奋斗，出人头地，逆转成功的典型。

鲁山人很明白自己是一个从草根奋斗而来的大人物，大艺术家。他晚年多次说："即使生长在逆境，只要努力就会像我一样。"（平野雅章《鲁山人陶说·后记》）

食不厌器

中国人常说人是衣裳马是鞍。而鲁山人开始制作陶瓷器的动机，其实就是从这里生发的。因为他作为一个自己都承认的日本第一美食家，有一个重要的观点是"食器是料理的衣裳"，意思就是美食需要美的食器。

鲁山人说："食器之于料理，就像衣服之于人。正如人不穿衣服不能日常生活，料理没有食器盛装也不能独立存在。所以食器可以说是料理的衣服。""所以说对料理感兴趣的人，就不可能对相当于料理的衣服的食器漠不关心。"（《近作陶钵展寄言》）

既然食器是料理的衣服，那么人是衣裳马是鞍，自己做的天下第一美食，当然要用天下第一的食器盛装了。可是环顾四周，他却找不到能配上自己料理的食器。因为他很看不上当时日本的陶瓷器："现在被称作制陶作家[1]的大部分人……作品实在是令人不可思议，完全丧失了作品绝对应有的自由，简直已经到了虚脱状态。创作意志不具有丝毫自由的作者创作的没有个性的作品，完全与死物无异……"（《艺美革新》）"如今在日本制作的陶瓷器，不管制作得如何精致，都是低水平的日常用食器，只不过是厨房用的器皿而已。"（《给立志做陶艺家的人》）他对当时日本制陶界的痛恨和恶骂，已经登峰造极。所以他当然不愿意，也不可能用这些"死物"，用这些"日常用食器"去盛装自己做的美食。

那怎么办呢？再美的人也得穿衣裳，再好的美食也得盛装才能上席面啊。"一盘好的料理，需要精心装盘，色彩清鲜、刀工精致，和精美的食器相映成趣，没有各方面的审美意识是不行的。"（《料理与食器》）

鲁山人是一个非常崇古的人，因此他开始收集中国明朝的和日本各种古陶瓷器用于盛装自己的美食。但后来关东大地震，收集的那些全都震碎了。再后来重新开张，生意扩大后，再收集也不够用了，随后他就产生了自己动手制作的念头。"从这种立场上不客气地说，我对现代陶工们有所不满，所以请自隗始，自己开始研究。况且我还研究美食，还有研究美食这个事业，

---

1 作家：本书中出现的"作家"多指制陶人，详见本序末尾。

也有研究食物的衣服的责任,所以更应该努力研究创作陶瓷器。"(《近作陶钵展寄言》)

然后就一发而不可收,从40来岁开始,一直专心制作到76岁去世。在鲁山人七十余年的艺术生涯中,除了美食(美食能否算作艺术值得商榷),陶艺算是他下的功夫最大、投入精力最多、坚持时间最长、取得成就最大的艺术了。

唯古为美

鲁山人开始自己制作陶器的最大的动机是为了给自己的美食配上般配的食器。而最直接的原因就是他看不上当时日本的所有陶瓷器。

鲁山人在《我最近为何要尝试制作陶瓷器》一文中说:"至于现代的陶瓷器,已经堕入令人叹息的状态。我们不得不声明,现在绝无一件具有艺术生命的作品。事实上只有两三个理想家以艺术的理解持续研究,但发表的作品都是没有完成的,也没有达到纯正艺术的心境,没有产生值得我赞叹的作品。其余的都只是大量生产的日用品,丝毫没有发扬工艺之美的念头。"他对战后日本,当代日本陶艺界无情批判。他认为:"现代的陶瓷器已经到了令人寒心的境地。""个人作家中没有出现杰出的天才,没有一个能令我们俯首敬服的热情陶艺家。"(《近作陶钵展寄言》)

但鲁山人对古代的艺术品，却推崇备至。而且是极力称赞，几乎没有底线。"所以还是说桃山¹这个时代有着富饶的艺术力量，在当时陶工随便画的一条线中，就富含着令今天的我们惊诧的当时风雅之人的丰富内心世界，这一点现在的人无论如何都做不到。这是一种艺术沃土时代的产物，而且也不仅限于志野烧。这一时代的东西，令人惊诧的是不论什么都非常雅美。我们觉得不可思议的地方就在于此。"（《初期鼠志野方形平盘》）"特别是桃山时代，不论谁做的什么都是极好的。"（《美浓大平发掘鼠志野大茶碗》）"日本过去的美术品，特别是桃山时代以前，年代越久远，越质朴，越富有魅力，无不给观客以心灵震撼。不管你看什么，都美观大方。反过来看现在的美术界，无不小里小气，甚至显露出某种丑陋的嘴脸。"（《艺美革新》）

他看着古代的作品，几近痴迷："你不觉得这个大茶碗看着就雄大，有一种包容力，也有一种暖意吗？那是当然，这是一件在桃山时代的空气熏陶下创造出来的茶碗。"（《美浓大平发掘鼠志野大茶碗》）你几乎能看到他拿着一个桃山时代的陶碗沾沾自喜，对你炫耀的样子。

"就拿绘画雕刻为例来说，占据高位的著名作品，无一例外都是能打动人心，能促进人心改变的。陶器类也是这样，放眼看看全世界，大致五六百年以前烧制的古典作品，都具有不灭的艺术生命。日本也是这样，三四百年以后烧制的作品，除

1　桃山：安土桃山时代（1573—1603）。

了两三个作家，比如各位也都知道的乾山¹，或者光悦²、长次郎³等做的茶碗，仁清⁴、木米⁵等的作品以外，基本上都是匠人做的器皿，看不到真正的艺术品。"（《给立志做陶艺家的人》）"至于陶艺……更是到处都是无知无能之辈，没有人谈论美，没有人追求美。在这种状况下，现在除了少数个人作家以外，大部分人的美术眼光都逐渐低下，自行堕落、玷污艺术、残杀陶艺，令美术世界失去绚丽的色彩。"（《给立志做陶的人》）

鲁山人不光崇尚古代陶瓷器，他在制作上，更是从模仿固态陶瓷器开始："我的陶艺大部分都是以日本各种古典陶瓷器为模范的。""不论东西，古典的陶瓷都是我的模范。"（《爱陶语录》）"在制作上我追求的，全部都是日本和中国的古陶瓷器精品。不仅明代的青花瓷或彩绘瓷，还有朝鲜的和日本的陶瓷器类，不论什么，只要是德川中期往前直到镰仓时代前后的东西，自己喜欢的都是我研究制作的对象。"（《〈鲁山人作陶百影〉序》）

鲁山人认为"看时代的新旧，是艺术鉴赏的座右铭。""看到从前的好的东西感觉到好虽然是现代人的生存之道，但即使

1　乾山：指尾形乾山，江户时期著名陶工、彩绘师。其陶器作品以彩绘见长。

2　光悦：指本阿弥光悦，乐烧系陶艺家。最早依赖乐家二世常庆和三世道入制作，后自己制作。据传作品均在乐家窑烧制。

3　长次郎：桃山时代陶工，乐烧的始祖。

4　仁清：野野村仁清，江户初期京都陶瓷器（京烧）集大成者。通称清右卫门。其所烧制的陶瓷器被称作仁清烧，又名御室烧。公认他完成了京烧中的彩绘陶器。

5　木米：指青木木米，江户时期著名绘师、京都陶瓷器著名陶瓷匠。倾情中国古代陶瓷器，作品风格多样。

感到好也不是说现在就能做出来。所以说在现在这个时代，从珍爱古陶器的人的鉴赏眼光来看，不会产生令人满意的陶器。"（《信乐烧水缸》）

师法自然

鲁山人艺术生涯有一个一贯的观点，就是崇尚自然。他认为自然的一切都是美的，都是值得学习的。"我的人生是与生俱来喜欢'美'。对人工制作的美术品虽然也很敬重，但绝对喜欢的是自然美。'自然美礼赞一边倒'。不论是山还是水、石头、树木、花草，不用说还有禽兽鱼虾等，只要是自然的，我都觉得是美的，我都喜欢得不能自已。""（对自然）是绝对的喜欢。没有自然美我将不能生存。我对不懂自然之美的画家或者美术家等的任何努力都毫无兴趣。"（《鲁山人会成立致辞·我的人生》）"所有的艺术追根溯源，都是来自自然，除此以外没有其他路可走。人工做的任何艺术作品，说到底无论如何是比不上天地间的自然美的。"（《关于陶瓷器鉴赏》）

而他在制作陶瓷器上（不仅制作陶瓷器，包括他的其他艺术作品），当然更是注重观察自然，学习自然，模仿自然。"我尊崇的唯一的模范是所有自然之美，我矢志不渝地追求着这种美。"（《爱陶语录》）"无论如何，绝对不能松懈对大自然天然美的学习。天无假象，我们今天更是如此感觉，如果能把

这点铭刻于心，就能等到美神降临的那一天。只有这样，才可说有为美而生、为美而活的意义。"（《艺美革新》）

为了制作美的陶瓷器，前提是需要涵养对于美的鉴赏能力。也就是知道什么是美，什么是丑。那怎么涵养美感，涵养对于美的鉴赏能力呢？鲁山人得出的结论还是师从自然。"除了从眼前的自然美和高尚的人工美上学习以外别无他法。自然美总在眼前，只要不懈观察，就能自由学习探究，非常方便；而人工美却需要眼力和财力两者兼备才能做到，不太方便"。"要提高自己的美术眼力，就应该首先接近自然，观察自然，投身自然之美，涵养鉴赏欲望之源，养成不被扭曲的直观眼力。"（《关于陶瓷器鉴赏》）

而且他觉得你学习古今名画名陶瓷等，需要一定的经济实力，没有一定的经济实力，你看不到那些有名的东西，说学习也就无从谈起。可是观察自然却是不需要任何代价的，任何人只要用心，随时随地都能学习。"说到自然美，总是存在于任何地方，存在于你的眼前，你可以随时观赏，但是恰好就如人几乎都不会感受到空气和阳光的可贵一样，一般人也都不太关注自然之美。"（《关于陶瓷器鉴赏》）这一点对于当今的年轻艺术家，尤为富有启迪性。

鲁山人一直追求的就是师法自然。"我把陶艺当作一种自我心中的艺术，我只相信自己心里的美感，一直把以艺术眼光观察的自然之美当作创作灵感之母，当作我的师匠，师法自

然，制作美术价值至上主义的陶瓷器。"（《给立志做陶艺家的人》）

艺术至上

在批评家中，像鲁山人这样露骨地把艺术家和工匠区别看待，这样无限抬高艺术家，几乎没有底线地贬低工匠的人大概不多。也许和时代的影响有关，大概也和他口无遮拦，想到哪儿说哪儿的性格有关。总之在他的几乎所有言论中，只要和艺术家或工匠之类的话题沾上边，他就会毫不客气地进行褒贬。而且他评论许多艺术作品的标准，就是有无独创的艺术性，没有就是日常多见的匠人制品。

比如他在评论古九谷烧和有田烧等的区别时，认为有田烧仅仅就是工匠制作的食器，而古九谷烧才有艺术性。"有田烧和伊万里烧虽然也有很不错的作品，但可惜的是，不管多么好，那些也都是陶匠的成果，看不出任何超出工匠艺术的价值。换句话说，完全就没有艺术性，仅仅就是一种没有精神性的工艺美术品而已。""虽然是同一个时代，同是日本人做的，但伊万里烧、有田烧仅仅是一种工匠艺术，而加贺的古九谷烧却非常富有艺术性。"他甚至说："古九谷烧的艺术性简直惊人。"（《古九谷观》）

鲁山人对仁清和乾山的比较也非常能说明他对于工匠和艺

术家的观点。"仁清作为一个陶器制作家，技艺高明不用说，但此人本来是一个有着工匠气质的作家，不能说是一个只追求艺术的人。就是说是一个有着工匠气质的名匠。""比如画同样一种画，要是乾山画的话艺术性肯定更高。木米画的话也可以这么说。相比之下，仁清不管怎么看，不得不说都有一种工匠味道。"（《仁清作蓑肩茶罐》）

而他自己，一直追求的就是艺术创作，追求艺术至上，而不是像一个工匠那样，只是制作盛饭装菜的日用食器。"我彻底追求的是内涵的，也就是本质的和精神上的东西。"（《〈鲁山人作陶百影〉序》）

他指责那些不自己动手练泥拉坯，只是动口不动手的所谓陶艺家。"用这种做法创作的作品，没有精髓，只有精巧的形骸，当然其作品不会有任何魅力。换言之，缺乏内在精神，所谓始于精巧名器的外形，而终于卑鄙恶器之内涵。"（《筑窑后知道的事情》）"自己是个陶艺作家，就只关心陶瓷器艺术，不关心其他艺术的话，你就只能是一个工匠。"（《爱陶语录》）

所以有些时候鲁山人颇有些重内容轻形式的倾向。他在把中国古代的陶瓷器和日本古陶瓷器相比较的时候，这个观点就非常明确。因为无论如何，当时日本的陶瓷器制作技术是比不上明朝的中国的。但是他不说工艺和技术，也不说陶瓷器精美与否，他跟你说"内涵"，说"艺术性"。"如果把两者实际比较一下，万历五彩瓷虽然外貌形态非常精美，但却没有精神内涵相伴。而九谷烧虽然没有万历五彩瓷那么精美，但看其内涵，却有着非常深刻的东西。""也就是说万历五彩瓷是重视形式的作品，而九谷烧则是重视内涵的作品。"哪怕是有欠缺的，烧坏了的，压扁了的，如果在中国或者西方，肯定就都扔了，但"我们的祖先知道，多少有些缺陷一点也不会影响作品的内涵。""只要作品有内涵，就不会有人去在意针尖大小的那么一点瑕疵。人也如此。任何伟大的人物多少都会有些缺点。而难道因为有那么一些缺点，伟人的价值就会消失吗？"（《古九谷烧五彩壶》）话说到这一步，要反驳反倒会踌躇了。

修身养性

鲁山人认为每件陶瓷器都应该是艺术品，艺术性至上。而为了制作艺术品，制作者本人，也就应该是一位艺术家。而一位艺术家，在成为艺术家之前和之后，都应该修身养性，不断提高自己的艺术鉴赏能力和自身的各种修养。

比如要在制作陶瓷器上取得艺术成果，就必须有绘画才能。"陶器之美与书画之美、雕刻之美、建筑之美、庭院之美等艺术之美没有任何区别。""既不会绘画，也不会写字，还不会赏玩古字画，这种人做陶瓷器，只能是儿戏，不可能做出什么大不了的东西。"（《近作陶钵展寄言》）

"艺术这种东西，我经常说，就是作家人格的反映。作品如果没有内涵形式以外的、肉眼看不见的东西就不是好作品。这是一个普通的人做不出来的。现在都称不上作家的那些人，装模作样像个什么人似的，更是不可能。创作的和鉴赏的，都应该修炼自己的慧心。好东西凭直感就能感到。总之首先应该学做人。""自己是个陶艺作家，就只关心陶瓷器艺术，不关心其他艺术的话，你就只能是一个工匠。""我认为做不到不断追求美，热爱美，掌握美，与美接吻，那么作为一个美术家，你的生命就走到尽头了。在艺术上只有热烈的爱决定一切。""做陶瓷器以前，先要学会做人。名品只能从名人手中产生。应该知道，不修身养性，就像在黑暗中做事一样，愚蠢至极。""乏味的人做的事情也只能是乏味的。出色的人做的事情也会是出色的。这是确定无疑的。""就是说首先要学会做人，然后才是做事。应该知道，学会做人，就是打好创作的基础。"

鲁山人认为："艺术都是用心而为。"（《爱陶语录》）"当一个人没有野心杂念，专心致志创作一件作品的时候，那件作品就不会有什么令人生厌的地方。""与此相反，恰好是无聊的人，才以肤浅的意图计划性地制作作品，不仅方向错误，而且作品粗俗不雅，不堪入目。真正好的东西，近于天真。"（《信乐烧水缸》）

所以，作为一个"想当制陶家的人，首先得提高自己的审美素养，首先必须是一个有极高审美能力的人。只要你做关乎美术的事情，就必须要有极高的鉴赏能力。"（《爱陶语录》）

贬中崇日

鲁山人欣赏陶瓷器和其他美术品的一个标准，就是时代。看时代的远近。只要是古代的，越古越好；而近代的，越近越不好。他认为那就是时代使然，甚至不以人的意志为转移。"看时代的新旧，是艺术鉴赏的座右铭。"在他看来，这就是时代的局限。

而这种时代的局限，在鲁山人自己身上也显露得一览无余。具体表现在他对中国和朝鲜的陶瓷器与日本陶瓷器的对比上。他的这些言论，大部分都发表在20世纪三四十年代，也就是侵华战争前后。当时的中国已经被他们看成没有文化的无能之地，而朝鲜更是他们的殖民地。所以整个社会，对于中国和朝鲜的评价以及看法都处于自信过度状态。而鲁山人作为一个高傲自大的文化人，自然也不例外。再加上艺术这种东西有很多说不清的、非常主观的东西，几乎没有什么客观标准，所以就更是可以"信口开河"了。

"那边（指中国）的都是能工巧匠，能拉出漂亮的线条，而这边（指日本）的说是能工巧匠，还不如说是笨手笨脚的工匠，他们笨手笨脚地拉出有味的、有雅趣的线条来。从创意上来说，甚至有些笨拙。比如说这件彩绘壶上的七宝花纹（几何花纹）和蔓藤花纹等，不得不说画得非常笨头笨脑。但是即使如此，感觉却不错，有一种令你不能随意说一句笨头笨脑就随手扔掉

的特殊味道。"（《古九谷烧五彩壶》）

鲁山人的结论有些野蛮，他说"日本的东西哪怕是一片瓦都有令人钦佩的地方，可是中国的却没有令人打心里佩服的地方"（《古彩瓷杯两种》）。也许有些人看到这里，觉得只能付之一笑了。

但若把他放到那个时代的日本，大概也能理解他说出这种话、得出这种武断结论的缘由。当然从技术和工艺层面是说不过的，所以主要是从精神层面和审美层面这种谁也说不清的层面上说。"在逐渐看多了远在五百年前、上千年前、一千五百年前的古代美术和艺术后，不知从何时开始，我得出的结论是，日本的美术和艺术比世界上任何美术和艺术都富含超凡性，日本人的国民性和人品以及心灵活动都优异非凡。大概正因此，总感到日本的任何东西都深有其味，格调也最高，当然背后的光彩也最为强烈。不论绘画还是一般的工艺，任何方面都是如此。"（《关于雅美》）

敝帚自珍

鲁山人在解说一件濑户唐津烧茶碗时说到一个很有趣的现象："对于烧出这种星星点点梅花皮茶碗的陶工来说，这应该是所谓的次品，没烧好，不是自己本来要烧的茶碗。陶工本来希望釉从碗的上部流到下部，全都是光光的。不用说并不是开始就要做这种梅花皮。所以陶工看到烧出来的这种梅花皮茶碗，肯定觉得烧坏了，肯定很丧气。也许本来能卖十钱，现在只好降价卖个三钱两钱也就算了。但是谁想到后来从茶人的审美角度看，却发现这比光溜溜的那些完整的茶碗更有意思，更有味，他们认为这才是好茶碗。"（《濑户唐津茶碗》）

其实这就正好说明了在我们看来有些残次的，甚至笨拙的，或者幼稚的、有残缺的陶瓷器反而颇受日本茶人欢迎的原因。

相对于中国的各王朝，日本即使在镰仓时代、战国时期到桃山时代，甚至直到江户时期，不论经济还是文化，都极端困穷。所以从中国传来的一切，都非常珍贵，都集中在那些贵族手中，一般老百姓是见不到的。而到了战国时期，织田信长和丰臣秀吉他们为了奖励树立战功的将士，但又没有那么多黄金钱财怎么办呢？有一种说法是他们想了一个办法，把从中国传来的这些陶瓷器之类的说得神乎其神，然后奖励给部下。为了树立神乎其神的形象，他们又树立了千利休等茶人的至高形象。从此茶道大兴，茶具大兴。而那些传来的陶瓷器都成了神器。可是传来的陶瓷器也不多啊，在使用的过程中还有碰坏了的、有水痕的，甚至不法商人也会运来残次品，等等。那怎么办呢，也不能都扔了啊！扔了多可惜！这些茶人有办法，他们把那些茶碗都恭恭敬敬拿在手中，端详半天，找出美点，看出景色，显出高雅，说出头头道道……比如茶人们特别喜欢的一种茶碗叫作"雨漏茶碗"，就是高丽[1]白瓷茶碗在使用过程中出现裂纹，他们舍不得扔掉，继续使用，结果是顺着裂纹留下印痕，像漏雨的雨痕一样，然后这些无聊茶人就起了一个特别有情趣的名称叫作"雨漏茶碗"。

再比如所谓的虫眼碗也是如此。古青花瓷以及古伊万里烧等因为坯胎上的白陶涂层与坯胎结合不紧，烧后与釉一起脱落，露出陶土坯胎，形成虫眼一样的痕迹。本来应该是没有烧好的疵品，但茶人们舍不得扔或者是买不起更好的，他们反而把这些虫眼当作景色欣赏，结果是有虫眼没烧好的反而成了高贵有味的，而更完美更好的反而成了俗气的了。

还有所谓的"石爆"，就是胎泥中含有不纯物（沙粒等）在陶器烧成时爆裂，陶器表面会出现爆裂纹样。在别的国家都是作为残次品处理，而日本茶人当初也是舍不得，然后在那些地方硬是"发现"景色，后来竟看作是一种窑变现象，当作欣赏对象了。

其实说得好听点，就是日本人，特别是当年的茶人比较容易"触景生情（物の哀れ）"，看到什么都能看出景色和意义来；而说得难听点，当初的起源不过就是一种"崇洋媚外"的敝帚自珍罢了。

而到了鲁山人生活的时期，经过明治维新后的近代化成长，日本在亚洲鹤立鸡群，甚至能跟西洋列强平起平坐，欺辱当年憧憬的大清王朝及至民国，所以自信心膨胀，认为中国的一切

1　高丽：朝鲜。

都是不好的，从经济到文化到陶瓷，连当年他们梦寐以求，当作宝贝的中国陶瓷器，在鲁山人等的眼里，都成了俗气的东西。甚至越精致越俗气。而他们自己做的那些粗糙的陶碗瓦盆，连鲁山人自己都说当初应该是陶工认为做坏了的，失败之作，却成了最为高雅的、最为雅致的、最有文化的艺术品了。鲁山人就是昭和时期日本人自信膨胀的一个代表。

他不仅对中国文化自信膨胀，与其他人不同的是，他对西洋文化同样自信膨胀。他把西洋的食物照样骂个狗屎不如，说陶瓷的时候照样说西洋人的审美倾向俗而不雅，不如他们日本人，等等。

其实艺术这种东西，比不得电视空调电灯电话，没有多少科学的或者说客观的标准，至多是用拍卖的金钱来衡量一下而已。可是对于不愿意花那么多钱买那个艺术品的人来说，你说那价值几十亿几百亿，他如果不喜欢，对他而言其实一文不值。

同样，鲁山人说的这些日本式的高雅脱俗，在欣赏这些高雅脱俗的人士看来的确不错，但在喜欢精美陶瓷器，对拍卖价格熟视无睹的人来看，只不过是破碗烂盆而已。

艺术就是这样，是奢侈的东西，是有闲有钱的产物，标准是因人而异的。所以你可以看了鲁山人的说法拍案惊奇，你也可以看了鲁山人的说法"呵呵"两声。

自知之明

鲁山人生前谁都骂，唯我独尊。跟朋友合作办茶寮（会员制饭店），也因意见不合而分道扬镳；结婚也反复多次，跟子女也关系不好，最后只能落到"孤家寡人"的地步。他在山里做陶瓷器烧窑，过着自给自足的"像小鸟"一样的自然生活，"周围全是世上最美的美术品（陶瓷器、书画等），与自然为伍，陶器、书画、美食等，高雅优美的生活"（《日本味道》）。看起来悠然自得，但其实应该是孤苦伶仃，这些都与他的个性不无关系。

但是他还是多少有些自知之明的。

比如他说自己欣赏古美术或古陶瓷器，就是重印象轻考证的。"我本来就是一个懒散嫌麻烦的人，不太愿意查找文献，一直没有好好查找，所以到了说这件陶器的时候，就抓瞎了。"（《古唐津烧流釉水罐》）

当然他也为自己的这种懒散和不查文献找好了借口："不过我本人是属于那种不喜欢以文献为根据来看事物的人。如想直入事物的核心，其实文献并不能帮多大的忙。或者说更多的情况下，以文献为根据考察事物，反而会影响直接观察事物的真心和眼力。这种情况下以文献为根据观察事物，使用得再好，也只不过是为了抓住事物核心而采取的一种权宜办法或技巧而已。"（《观"明古青花瓷"》）

他说："鄙人更擅长批评，于评论多有自信。而鄙人的毛病就是擅长艺术评论，对于古今东西不论和具还是洋物，总是多有批判。还有一个毛病就是对现代大部分作品拒屎灰于千里之外，避之唯恐不及，因此常讨人嫌。但是鄙人对于自己的批评心胸坦荡，故而也有极深的自信。但是要说到自己的作品，其实与自己希望达到的水平还有甚大距离，只有连声叹息，常感悲哀。这也正是批评别人时如猛虎禽兽旁若无人，但对自己的作品则如少女般羞于启齿的理由所在。即便如此，对于制作自己又不能断念，因此便产生看到好的东西受到刺激就想学习，看到不好的东西毫不客气开口就骂的傲慢态度，一有机会制作意欲就勃然大发。"（《关于我自己的作品》）

但是就这样一个人，竟然说自己怕被别人误解。"我从来都很害怕世人的误解。但如果世人不误解我，真正认识我了，那才是最为恐怖的。因此，我有假装老实的毛病。"（《鲁山人会成立致辞》）当然这不排除是在自己的粉丝会上的自谦。

而他的自谦还表现在对自己的分析上。"我是一个对所谓的前卫派完全不懂的守旧派，但也并不是纯粹的守旧派。""总之，鄙人既不是陶人，也不是书法家，鄙人像是一个稀奇古怪的顽皮少年。"（《第五十五次鲁山人展》）他说自己的创作："任凭兴起，不管顺序，没有统一，极端散漫地制作创作。"（《关于我自己的作品》）

鲁山人自谦的极限是"经常说自己独创，说自己是独思，但其实总是陷入卖弄小聪明的雕虫小技"。"我基本上有这个坏毛病。不过天生就这么一点能力，也是无法。"（《鲁山人

雅陶展》)

至于鲁山人做的陶瓷器到底如何，不在本文涉及范围，恕不评价。只是鲁山人自己曾说："一旦看到自己的作品，却如看到低劣稚愚、富模贫创、重技巧而少内容的东西一样，实为素养欠缺，堪等献丑。""愚以为自己的陶瓷作品，除割烹食器外，都是爱而不精之物，没有任何值得赞赏之处。""所以盛赞鄙人为天才的人，是为心眼未开之辈，难有共同语言。"(《关于我自己的作品》)

当然，这也都可以看作是谦逊之辞。感兴趣的读者请上网搜索，远比听我在此唠叨更能产生感性认识。

画蛇添足——我与鲁山人之缘

人生活一辈子，总有许多没有想过的事情出现在你的人生中。就拿我来说吧，小时候吃不饱穿不暖的时候，从未想象过还会有一天眼前放着大鱼大肉不敢吃、不想吃，但我现在看着自己的肚子（还有老婆的视线），山珍海味也不敢放开吃。这个比方有些不妥，再说一个实话。我虽然一直从事中日文学文化研究，也搞一些翻译，也喜欢吃，也喜欢看陶瓷器展览，但却从来没想到要翻译这方面的书，写这方面的文章。特别是鲁山人这个日本狂人，虽然知道，但几乎从未想过会与他产生什么瓜葛。

但事情就是这么巧，我竟然跟鲁山人打上交道，而且还不止一次。第一次是几年前，有人介绍让翻译一下鲁山人关于美食的散文随笔。当时一是没什么大事，二是看了看觉得也还有些意思，就做了（《日本味道》上海世纪出版集团·上海人民出版社）。没想到还卖得不错。更没想到的是后来"雅众"的编辑说看了那本小书，希望我再翻译一本鲁山人关于陶瓷方面的散文随笔。我犹豫了一下，本也没想当什么鲁山人专业户，不过既然有人还喜欢看，那就再接一本吧。然后就是现在这本小书。

　　鲁山人不是文字作家，不善做文章。留传下来的文字很多都是别人记录下来的讲话致辞之类的，还有一些也是自己想到哪儿就说到哪儿的那种随笔性的，文字大都是口语，很随意；遣词造句也有时代的烙印，还有他个人的原因，有些是他个人独特的表现等，总之今天看很多地方不好理解，翻译起来很困难。多亏我的同事中野祥子老师鼎力相助，帮我搞懂了很多自己不能理解的地方。在此深表感谢。

　　另外，本书有些独特的说法，比如本书中鲁山人所说的"美术"，常常指的是有艺术价值的陶瓷器。但有时也泛指一般美术，或者说一般的艺术，包括绘画、书法、工艺美术、陶瓷器等。"作家"，本书特指陶瓷器个人作家，并非一般我们认识的文字作家。"作品"本书也多指陶瓷器等。到底指的是什么，根据前后文文脉基本能看出来。

　　本人不是北大路鲁山人专业户，只是无意间又翻译了一本鲁山人的随笔而已；本人也不是陶瓷器鉴赏家，当然更不是陶瓷器制作家，对陶瓷器的理解自然也有限。因此，译文如有不当，敬请不吝指教，不胜感谢。

何晓毅 于日本山口

2018 年 8 月 13 日

参考文献

平野雅章《鲁山人陶说·后记》，中公文库，1992

平野雅章《鲁山人陶说·鲁山人陶器论》，中公文库，1992

吉田耕三《北大路鲁山人的人生行路》，朝日新闻社主办《美食待客的艺术——北大路鲁山人展》1996

北大路鲁山人著、何晓毅译《日本味道》，上海新世纪出版集团 上海人民出版社，2014

目 录

我为什么要做陶瓷器

经常有人问我，你为什么开始做陶器了？我不假思索的回答就是，那是因为我要享受美食。我从小对美食感兴趣，随着年纪增长，兴趣越来越大，最后竟达到仅仅是美食已经不能满足的境地。

美味的食物需要与其般配的精美食器，如果没有般配的精美食器装盘摆放我就心存不满。在这种情况下，自然地我开始对陶瓷器皿以及漆器，也就是盛装食物的器皿产生兴趣，开始品味。如此生活的结果，没想到竟成为"美食俱乐部"[1]的一员。这是发生在大正九年（1920）前后的事。在经营美食俱乐部的过程中，当然就会碰到食器这个问题，但是现代制作的这些食器没有我满意的。因此我就寻找古食器，收集古陶瓷、古彩瓷、

1 美食俱乐部：1921年鲁山人设立的会员制食堂。

1

荷兰陶瓷[1]等，从中选出碗、盘、碟等，权且用作日常食器。就这样搞了三年，博得大家的一致好评。可是就在一帆风顺时，突然遭遇了大地震[2]，美食俱乐部被烧成灰烬，当时用的那些古陶瓷器皿等也都毁坏殆尽。

但是，接下来开始经营星冈茶寮[3]后，活动的舞台更大，有时上百人一起用餐，需要大量的食器，还是像以前那样靠搜集古陶瓷器皿已经完全不够了。可是话虽如此，五条坂[4]的陶器类也没有能用的。

事已至此，我只好委托京都的宫永东山、河村蜻山、三浦竹泉，九谷方面，委托山代的须田菁华、山中的矢口永寿、大圣寺的中村秋塘、尾张赤津的加藤作助等各位陶艺家按我喜欢的样式制作陶瓷器，然后我自己画上图案，用作地震灾害后归我们所有的星冈茶寮最初的一批食器，解了燃眉之急。

当时我自己对于制作陶瓷器完全是个外行，看奥田[5]的《陶瓷器百选》等就像看天书一样。但是我只是随意让别人做好坏

1　荷兰陶瓷：专指16世纪以后产于荷兰的代尔夫特蓝瓷（Delft Blue）。泛指西洋舶来的陶瓷。文明开化不久的日本用当时影响最大的荷兰代指西洋。

2　大地震：指1923年的关东大地震，东京一带受到毁灭性破坏。

3　星冈茶寮：1925年鲁山人与古美术商中村竹四郎共同设立的会员制高级料亭。位于今东京都永田町，今不存。

4　五条坂：京都市内通往著名景点清水寺的一条坡路，现主要是旅游纪念品店，从前是京烧等京都陶瓷器集散地。现每年8月还有陶器节。

5　奥田：指奥田诚一，三重县人，东京帝国大学毕业。陶瓷研究家。有关陶瓷著作甚丰。1924年创设东洋陶瓷研究所。《陶瓷器百选》为奥田诚一与人合编，让本写真工艺社出版的一套十九辑陶瓷器名品集。另有奥田诚一单独编辑的《陶瓷器百选》存世。

胎，然后自己往上边画画图案就心满意足了。当今陶瓷界的现状就是很多人让工匠做好坯胎，自己画上图案然后就自称陶瓷艺术家。当年我自己有意无意也那样做，而且竟然也就自我满足了。但是那些做出来的器物都是匠人按要求做的，除了制作技术以外，他们并没有涉及内在含义。从技术上看似乎做得很漂亮，但绝不能称作精美的器物。

　　如果你看过宋瓷，看过古陶瓷，就能知道那些工匠虽然能简单模仿宋瓷、古陶瓷的形状，却难免缺失宋瓷、古陶瓷最为重要的精神层面的内涵。由此，我对别人做出的坯胎开始产生不满，然后得出的结论就是，只要不是自己挖陶土从零开始制作，就绝不可能做出自己满意的器物来。

　　还有一个事实是，如果不是自己从零开始做的，那就不能称作自己的作品。以前只是在别人做好的器物上画上图案，然后就标榜为鲁山人作品，现在想起来都感到惭愧。因为那是一种欺诈行为。让别人做好器物，自己只是画上图案，那只能是合作作品，不是算是自己单独的作品。特别是陶瓷器，画图案并非主要工作，陶土活才是制陶的灵魂。把那么重要的工作交给别人做，自己仅是在器物上画画图案等，至少在制陶精神上来说是本末颠倒的。当然我并不是完全否定合作。想合作就需要找到同等水平的合作者。木米的绘画需要山阳匹配，仁清的陶器需要宗和设计，才能发挥合作的妙味。但是如果合作者一方是缺乏美意识修养的匠人，另一方是有修养的人物的话，就根本没有合作的意义。所以我下定决心，不论多么困难，自己也要从泥土活开始。人都说操作辘轳[1]等比较难，但既然一般陶器作坊的学徒只要三年基本上就能熟练操纵辘轳，所以我坚信自己也能做好。

这样一来就需要有地方修筑自己的窑，设置自己的辘轳。昭和三年（1928 年）春，我终于在大船山崎修筑了自己的窑[2]。虽然也雇了几个助手帮忙，但终于从自己的窑里烧出了名副其实的自己的作品。实际做起来，我发现那些捣鼓泥土、绘画图案、装窑烧窑等技术上的事情，车到山前自有路。星冈茶寮使用的食器都是我自己做的。青瓷、信乐烧、唐津烧、朝鲜刷毛目、古陶瓷、赤吴须等，一般的陶瓷器都做了出来。

如此自己开始制作以后，自然而然就想要一些参考的陶瓷器。就像学问家都要自己搜寻古籍一样。学问家看重万卷之书，制陶家也需要万件古陶瓷。因此我便开始收集古陶瓷，并在星冈窑设置了参考馆，慢慢开始陈列收集的作品。本来是为了制作新作品的参考才收集的，但事至如今，参考其实已经成了一个借口，我怕是已经患上了一种古董病。

如此这般，我筑窑也就在昭和三年，说起来也是最近的事。而且我还不能专心一意只做这一件事，不论是制作陶器还是研究陶器，现在也只是开了个头。每烧一窑都会有各种新的体会，

1　辘轳：此处指制陶的陶轮。
2　参考其他文献，筑窑应在 1926 年（昭和元年）秋至冬期间。"大船山崎"为神奈川县北镰仓地名。

这些体会越发激起我研究和制作的兴趣。如此这般，我从创作品味美食开始，后尝试制作陶瓷器，这点与其他陶瓷作家的出发点和动机完全不同。而且我也没有从师问道，仅靠自己独自钻研，便走到今天，而且还要继续走向明天。

制作陶器是一件前途辽远的事，我自己也是刚登上这条船。我用心审视自己的能力所及，努力思考今后如何发展。

（1933 年）

关于我的陶器制作

有一位身份高贵的人就我的陶瓷器制作问了我几个问题。下边就是我的回答摘要。

——你研究陶瓷器时釉料研究很难吗？

——那确实是一件很难的事情，但我最重视的还是作品完成度……说到这儿，您又问作品完成度的意思，所以我回答说：

——就是练泥拉坯。就是说从艺术的角度观赏用泥土做成的那些形状的美丑。作为陶瓷器，首要的条件就是泥土做成的形状必须要有充分的艺术价值。无论你涂抹多么美丽的釉料，描绘多么美妙的图案，但如果在泥土活上下的功夫不够，那也就只能是一件无聊的作品。相反地，如果泥土成型具有充分的艺术价值，那么即使不浇施釉料，即使形状不太端正，即使没有烧出期待的色泽，但因为本来泥土活的完成度高，所以那也会是一件具有璀璨价值的作品。

然后还做了进一步解释，内容摘记如下：

——自古以来，凡是有名的陶瓷器，不但泥土活好、成型精良，具有充足的艺术成分，而且有优秀的绘师描绘精致的图案，再加上美妙的釉料，恰当施釉，适当漏胎，或者雕镶成型。具体比如青瓷。宋代出现的青瓷砧[1]，或者"雨过天晴"等精湛的天青釉中脍炙人口的青瓷，首先也是因为坯胎的完成度高，因而颜色好，仅发色优美并非作品的全部。假设以现在的陶艺家的才能，搞出宋代青瓷的釉料应该没有任何问题吧。但是，也只能是搞出发色优美的器物，而宋代青瓷的那种令人油然生畏的尊贵气质是不可能有的。不论万历五彩瓷，还是古代青花瓷，甚至是朝鲜瓷器，之所以光彩夺目，其最根本的价值还在于泥土活，即坯胎的完成度。不争的事实是，古陶瓷也好，古唐津[2]也好，仁清、乾山、木米，或者柿右卫门[3]等，无一例外都是泥土活本来就具有艺术性，所以才有名。

就像学者总是想收集典籍一样，在我制作陶瓷时，必然的欲望就是尽量搜罗收集自古传来的古董陶瓷名品，尽量多看古

---

1 青瓷砧：日本特指南宋浙江龙泉窑产青瓷中的粉青釉高级品。传因当时的名品形状象"砧"，被称作"砧手"而得名。亦名"砧青瓷"。

2 唐津烧：发祥于日本唐津市一代的陶瓷器的总称。特别是庆长年间到元和年间（1596—1624）朝鲜半岛渡来的工匠作品深受茶人等珍重，称古唐津。

3 柿右卫门：指酒井田柿右卫门，江户时期，肥前国（现佐贺县）有田地区的陶艺家。后子孙代代继承此名，现柿右卫门为第十五代。确立赤绘技法，被称作柿右卫门样式，出口欧洲后对梅森瓷器等产生很大影响。

老的作品。

釉料研究确实很重要，绝不是一件等闲之事。但我觉得这个泥土活的完成度最为重要。所以说要想制作好的陶瓷器，并不一定要挖空心思搞什么特别的样式。也不用追求什么新颖。在色彩上也不是说非得这样做那样做不可。漫无目的只是追求奇形怪状更是不可取。本来现代的艺术仅仅就是通过理智的小聪明创造出陶瓷器的样式、釉料表现的色调、陶瓷器表面的绘画等。虽然名义上是陶艺，但实际上并没有什么艺术性，仅仅是一种以表现美为标准的智慧竞赛。你看帝展[1]等展出的那些作品，不论是绘画作品，还是工艺作品，都是在比拼理性的图案创意，比拼理性的色调配合。他们仅靠作者的这些理性比拼，每年冠冕堂皇地调换图案、纹样和色调。帝展和其他展览也就只有这点能耐，但因为鉴赏家与作家同样也是依靠智慧，理性地鉴赏作品，所以现代美术在短期内还能受到一定支持。但事实上，艺术终归不是一个理性的问题，而是一个感性的问题、激情的问题。所以不言自明的道理是，流芳百世的作品仅依赖理性是制作不出来的。

不过先不说当今的现状，我们先来看一下从前是怎么样的。我们看从前的作品，不论怎么看，从前的人都比现在的人纯真，少有杂念。很多事实告诉我们，越往前看，纯真无邪的作家越

---

1 帝展："帝国美术院展览会"之略。是当年帝国美术院主办的全日本艺术展览会，始于 1919 年。现改称"日展"（日本美术展览会）。

多。只有淳朴的真心制作的作品，才能流芳百世，才能打动我们后人之心。

即使仅看古人所具有的智慧（理性），我们虽然也会佩服，但我们更被古人的真心和激情所感动。我就是这么认为的。所以我观察古人如何做事，依此期望读懂古人的心。只要能看懂一点古人的心，我就很高兴。这么说，是因为我希望自己像古人一样，用真心来工作。当如此创作出发自内心的作品后，我自己也不由得拍腿自赞。我觉得古人大概也是如此做事的。

随着对古人理解的深入，我越来越觉得如今的作家们那些故弄玄虚的创作，刻意追求怪异的设计、颜色的创作态度是浪费才能。

我觉得创作不应该是智慧先行，而应该是真心先行。创作是一种真心的表露，智慧只需要作为辅佐真心的助手跟随其后即可。拿来的智慧没有什么意思。同样是智慧，如果不是自然发自自己天分的智慧，是不可能创造出具有权威的作品的。如果没有与生俱来的智慧，那么只要用与生俱有的真心进行创作就没有问题。正义无敌，不拜神神也会保佑你。有诚实的头脑，神灵便会附体。智慧之上还有智慧，一味追求智慧是没有智慧的表现。而真心只有一个，没有两个。真即纯粹。所以要以纯粹之心，热心做事，唯有如此才能无敌。所以制作陶瓷器并不需要与人不同，也不需要挖空心思要与古人不同。何况古人做的事情基本上已经做到极致，刻意追求新奇的人是没有看到古人的极致而已。无知者无畏，只会鲁莽，皆因于古无知使然也。

就拿书法来说，颜真卿写的"日本"、欧阳询写的"日本"，抑或是现今的人写的"日本"，仅从形状上来看并无大别，大致相似，仅有很少部分差异。而这仅有的一点差异带来的天地之别，才是我们后人最应关注的地方。轻易改变字形，并不能说就是好字，也不能成为好书法的要素。

陶瓷器也一样，比如乐家[1]的乐茶碗，自打长次郎以来，经几代人努力，虽然每人都名声在外，但长次郎和道入这两人却更为出色，其作品具有非凡的艺术生命，特别优秀的艺术特点。就拿缺少变化的乐烧茶碗，或者漆黑的茶枣[2]来说，有的就具有璀璨的艺术性，有的却一文不值、不值一提，其高低聪愚之差，令人惊愕。

这种事情到底为何不如此想就不行呢？如此想的原因是，我发现形状即使相同，图案即使相似，可是内涵却完全不同。我仅仅就是发现了这点，除此之外完全没有别的。分析解剖这种内涵时，我发现内涵既存在先天优越的，也存在后天精湛的。这两种存在及其表现程度所带来的结果，显示出各种形状，显

1　乐家：指乐烧，天正年间（1573—1592）京都的陶瓦匠人长次郎在当时最著名的茶人千利休指导下烧制的一种陶器。特点是不用制陶常用的辘轳转盘，而是手捏成型，低温烧制。有赤乐、黑乐、白乐等。后代代继承至今。"道入"为乐烧二世传人乐常庆长子，以黑釉茶碗著名。传长次郎父阿米也为中国福建渡来陶工。
2　茶枣：一种日式茶罐，多为木质漆器。因形状似枣而得名。

示出各方面的高低之差。

因此我制作陶瓷器的时候，重点放在作品的完成度上，就是希望能把制作的重点放到自己的内涵上，希望能把自己的内心表现在作品上。因此可以说，图案和釉色只不过是装饰作品的一种辅助手段，是第一层次的研究。当然毋庸赘言的是，这仅仅是我的一个制作理念而已。

那位高贵之人到底听懂与否本来与我无关，但上述问答，对我本人来说，也是一种荣光。

（1931 年）

筑窑后知道的事情

如果仔细考虑制作技术以及制作过程，可以说自己筑窑后几乎知道了未知世界的无数事情。

但是那些都太专业，在此仅拿出一般性的事情来说也许是最为合理的。所以那些太专业的这里就都省略了，我们只说说其他的感受。

个人作家的权威——首先说一下有关个人署名作品的权威一事。要树立自己作品的权威，如果没有如下条件就没有这个资格。我完全明白，并且坚信，首先，从泥胎开始，到最后烧制成一件作品为止的工作，比如在辘轳转盘上的拉坯成型工作、泥胎上的绘图工作、雕镶工作、施釉工作、装窑工作、观察窑内火候工作、认为烧制成功最后下定停火的决断等，诸如此类各种工作不是自己一个人完成，就很难称作是自己的作品。

纵观现今世上，经常能看到有些人雇用工匠，修筑窑厂，令工匠按自己的喜好制作陶瓷器，然后即称作自己作品。但如此制作而成的作品，只不过是悄悄加进了自己的喜好和想法而已。用这种做法创作的作品，没有精髓，只有精巧的形骸，当然不会有任何魅力。换言之，缺乏内在精神，所谓始于精巧名器的外形，而终于卑鄙恶器之内涵。所以说，既然你是一个爱陶家，而且你要自己开窑制陶，号称个人作家，我觉得理所当然所有事情都不应该让别人做，事无巨细都应该出自自己之手。

第二关于釉料制法。与上述制作技术不能都让别人做一样，此事也不能任由别人来做。要在釉料色调上发挥自己的色彩，除了自己配合调制釉料以外别无他法。

第三点，陶土也需要自己挑选。此时最应该注意的一点是，一种陶土不应该与另外一种陶土混合。比如说，一定要小心避免把织部¹的陶土和信乐²的陶土混到一起制作器物。

今日制陶家之间偶尔有人这样做，但混杂陶土虽然也许有某种方便，但却牺牲了陶土的原味，减少了该陶器本来应有的味道。产于某个地方的陶土单独的特征，最能表现并提高那种陶器的味道，这点我们是很难否定的。因此，越是对古陶感兴趣，对古人的作品深铭肺腑的人，在制作陶器的时候，越要注

意这点，绝不能轻率。

换句话说，要想制作织部烧风格的作品，就不能用信乐烧或唐津烧的陶土代替。织部烧用濑户的陶土，信乐烧用信乐的陶土最为合适，如果用信乐陶土制作织部烧，绝不可能做出织部烧应有的味道。

不仅陶土，包括用于描绘纹饰图案的铁粉、织部烧用的胆矾和其他所有材料都不能用别的地方的。中国的青瓷、朝鲜的刷毛目[1]，或者五彩瓷、青花瓷，还有其他许多外来陶瓷，历代许多日本人模仿制作，但从未成功，究其原因就是所用材料根本就不对。

窑也是伊贺有伊贺窑的构造，古志野有古志野窑的构造，所有的窑都要按原来的构造建造，不研究一次两次是不可能的。

回过头再来看现在的陶瓷器，特别是个人作家的作品，在我看来，这些作品都来路不明，就是说是黑人黑户。这些东西完全就是一堆莫名其妙的杂念的堆砌，用一句话概括，那就是缺乏单纯的美，而只有复杂的丑。古陶中的精品，因为形状简单而具美感，给人一种魅力的压迫感，但这些今日的陶瓷作家似乎都没有意识到。

第四，虽然还是重复，但我想说的还是，没有素养，只是

1　朝鲜刷毛目：朝鲜李朝时期陶瓷器装饰手法之一。用毛刷在陶器表面刷白色化妆土，再盖一层透明釉。

凭自己的感觉随手乱捏，胡乱制作，是做不出好陶器的。重要的是必须多看古代精品，以此来提高自己的素养，而且应该把这种态度作为首要的修业行为。不用说这便是我的制陶态度。我收集古陶，是因为我觉得为了学习，必须收集。不看古代名器精品做陶，等于不读书的人做学问。

第五，老老实实制作陶器最重要的一点，就是做出来的作品，开始一定不能以贩卖为目的。实际上如果认真制作陶器，以制陶作为谋生手段的话，绝对亏本。现代许多制陶家因为经济上穷困，所以虽然也想赋予作品自己的艺术性，但却做出许多自己也不喜欢的拙劣作品，究其原因，就是最初便有想把自己作品卖个好价钱的小心眼。

作为个人作家，最为需要的是不媚众俗，认真探求，不论东西土洋，也不论古今，只虚心学习名品，以谦虚谨慎的态度构建自己的作品。

直到在自家院子筑窑为止，我从来没有考虑过上述各条，但我现在能明确认识到上述各条。不管怎么说，上述各条都是历经五载岁月在自家窑烧制陶器而得出的体会。

（1933 年）

前辈陶人之我见

长次郎（安土、桃山时代）……日本陶艺史上唯一的艺术家。

本阿弥光悦（安土、桃山时代到江户初期）……多才多艺，具有多面美术鉴赏眼力的兴趣人。

长次郎三世道入（江户初期）……道入没有长次郎的那种力度，在想象力方面也差许多。

野野村仁清（江户初期）……是一位抛弃模仿中国的陋习，给陶瓷器植入纯日本美，始终坚持表现日本固有美术无限优雅的一大创作家。虽衣冠缠身，却自由奔放。

尾形乾山（江户初期）……乾山是一位陶画家，而非陶瓷家。最大特点是相较光悦有过之而无不及。

奥田颖川[1]（江户中期）……颖川的不足之处是不知日本美之优雅，而坠入模仿中国的流俗。

青木木米（江户中期到后期）……可惜的是木米也不识茶之美（日本之美）。但远超其师颖川，发挥了自己特异的天分。（陶艺家）

仁阿弥道八（江户后期）……从此开始匠人艺术。（名人）

永乐保全（江户末期）……（匠人艺术）

真葛长造（江户末期）……（匠人艺术）

现今某些陶艺作家，宛若藏身喇叭花架，摇扇纳凉。

因为长期研究如何制陶的缘故，关于制陶我多少也知道一

1　奥田颖川：江户时代中后期陶艺家，号"颖川"。据传祖先为明朝遗民。最初制作成功京烧瓷器。瓷器以中国风格彩绘见长，彩瓷有名。弟子众多。

些，但说起陶瓷器，我深知奥妙艰深，恨不能言传。最近逝去的大河内正敏[1]和高桥箒庵[2]等属于能把陶瓷器一事简单明了进行解说的人物。可是他们虽然能亲切细致地解说，但因为没有制陶经验，在我看来，他们这些人揣测想象却常常令人啼笑皆非。但在理解古陶瓷这点上对我们来说多少还是有一定参考意义的。就说制陶，要研究各种各样的陶瓷器，那么这些解说就能给鉴赏从前的作品提供许多方便。比如关于釉料，今田中所说的就很有参考价值。但涉及给陶器刷灰、施釉等，因为他没有制陶经验，所说的就有些驴唇不对马嘴了。

我发现很多地方应该说"不如此做不行啊！"。那么热心研究并写了很多有关茶具的品评文章，编辑《大正名器鉴》系列并解说的大河内子爵以及高桥箒庵等人，可悲的是因为他们也没有制陶经验，所以一到表现陶器鉴赏深奥之处就显得力不从心。这就是我自信的地方。我有着三十余年制作陶器的经验，所以看长次郎，或者看光悦的时候，就与他们有些不同。

就拿长次郎来说，从茶人之类的立场上看，总之是非常方便的存在。我觉得甚至都不存在没有落款木盒时仍能一眼便看出是长次郎茶碗的鉴赏家，所以品评时大家大致都用笼统的说法。不论看到长次郎的还是光悦的，大家大致都是如此说：

1　大河内正敏：物理学家、实业家，袭子爵位。曾为东京大学教授，后从政，为贵族院子爵议员、内阁顾问，负责研制核武器等。战后被判为甲级战犯。
2　高桥箒庵：原名高桥义雄，号箒庵，实业家、茶人。著述甚丰，1921 年到 1927 年主编《大正名器鉴》1—9 集。

"真好，真好啊！"

"妙不可言啊！"

然后用这样的话结尾：

"长次郎真是了不起，妙不可言啊！"

只说"妙不可言"是不行的！无论如何你将来还是得说出个之乎者也啊，不然如何进行陶瓷器鉴赏？陶器，只说陶器，如果问有名陶器到底是什么，确实很难找出答案。关于这点，我也是暗中摸索，多年苦求，当初几乎是两眼摸黑。只看书什么也看不懂，当初看作品也看不懂，简直没有办法。现在肯定还有很多人跟我当时一样。开始应该都差不多。

不论长次郎还是光悦，茶碗也好碎陶片也好，不拿到自己手上看什么都不可能懂。不自己拿到手上看，只听别人的话就深信不疑，那没有意思。把长次郎的茶碗拿到手上看，也不要只是感叹多美多美，要长时间凝视观察，想象长次郎茶碗到底是什么，长次郎茶碗什么地方有什么特点等，刨根问底，最后那个叫作长次郎的人便一定会浮现到你的眼前。只是不要无原则地顶礼膜拜。也不过就是四五百年前，出生在织田信长或者丰臣秀吉时代的一个看得见摸得着的陶工，不要放到遥远的彼岸，像隔着烟火朝拜金身铜佛那样。我们只要直观地凝视观察，就能与长次郎对话交流。如果从未想过与长次郎对话交流，某天突然就无条件笃信，陷入善男善女般的信仰，只是感叹敬佩地看长次郎的话，那长次郎是不会与你交朋友，与你进行交流的。

从来世间似乎都把陶瓷器当作一种特别的艺术，但在美感方面与绘画其实是一样的，与具有美术价值的雕刻也是一样的。比如茶碗就是用泥土这样（双手做茶碗状）做出的。用绘画表现花鸟或人物终归是要回到美感上，所以如果没有审美价值，不论陶瓷器或者绘画便都没有任何价值。但是长次郎的茶碗是具有审美价值的。相较于其他个人作家的作品，这点特别突出。

有人说："陶瓷器简直搞不懂！"但是陶瓷器与绘画其实是一样的。看不懂陶瓷器也就看不懂绘画，看不懂绘画你看陶瓷器也是白看。两者美感的出发点是一样的，但如果你不完全懂美感，那么你也就不可能看出其区别。看见南画说南画好，看见木米说木米好，看见保全，看见颖川，看见什么都说好。但是他们的作品到底好到什么程度，其美到底表现在什么地方，却都很难回答上来。大观也好，栖凤也好，都说好，但是到底谁最好却说不出来。大概觉得最值钱的就是最好的，这么看才能放心。在这点上，因为各种原因，对于现在存世的人确实不好说什么，说了惹麻烦。但要说长次郎等，完全不需要想那么多。六七个五十岁的人加起来就到那个年代了。七个五十岁的人加起来，这么说看起来还很年轻嘛。也就是刚过去的事情，没有什么大不了的。如果把这些放到遥远的过去看，像隔着轻纱瞻仰金色纹样那样陷入盲目信仰的话，那将失去自己的眼力，而关于到底是好茶碗还是坏茶碗的最重要的判断也将逃之夭夭。

从前，其实也就在我还年轻的时候，当时京都东本愿寺的法主有时品行不怎么端正，经常在京都祇园一带彻夜游玩，直到清晨才乘马车返回寺庙。本愿寺的法主本来应该是宗教家，但实际上并不是什么宗教家。当时的和尚虽然也给信徒念念经，一大早就在佛像前供奉什么，但并不是什么宗教家。虽然不是宗教家，但因为出生在宗教家的家庭，很多人就吃宗教这碗饭。其中的一个人就是这个法主，浑身粉香酒气，每天清晨从祇园乘马车威风凛凛地返回寺庙。不知情的几十个善男善女跪在本愿寺山门前，不敢抬头看法主的脸色，只是低头跪拜迎接法主回寺这种光景，我是知道的。看茶器的人也有这种倾向。看到茶人在茶室中用光悦或道入的茶碗，便感叹至深，滑稽地"噢！"地赞叹不已。其结果就是：

"太感动了！"

"这个圈足妙不可言啊！"

"这个碗沿 1 妙不可言啊！"

只会口口声声说"妙不可言""妙不可言"之类的。本来应该能说什么的，但拘泥于茶碗本来就是看不懂的这种成见，或者受到有关茶的教育就是这么看茶碗，所以只会说这些。许

---

1 碗沿：日本把碗沿的起伏不平称为"山道"或"五山"。志野烧、织部烧、乐烧等多见，受茶人珍重。

多茶人鉴赏家大致都是在茶具店受到启蒙。茶具店的知识都是为了卖茶具的知识。茶具店说的话都是固定不变的，谁来都说一样的话，说服你买他的茶具。

"你看这碗沿如何？"

"道入茶碗的釉料很特别，别的茶碗很少见。"

长次郎茶碗本来不多，但是也说：

"长次郎这点很好。"

说到光悦就是：

"只有光悦才有这一特点！"

"怎么样，这种独一无二的釉色？"

如此等等，茶具店的人装模作样就会说这些谁都知道的话。真的就是这样。然后绅士淑女们囫囵吞枣，全都记下。当时的茶人们虽然确实也知道艺术的一部分，但并没有真正研究艺术本身，就连高桥箒庵等人，也对与艺术无关的事情感兴趣。他用自己无聊的浅见解说茶碗的好处，讲解茶碗的传说等，从头到尾用的都是茶具店店员的口吻。经常看到有人拿着手上的东西给俗人说：

"这个紫销金不错吧？怎么样？"

怎么样怎么样，说到紫销金的好处，只要是有贴金纹饰的织物，因为年代古老，本来谁都知道好。所以就得意地夸大说：

"这可是独一无二的啊！"

"能用这么多金的可是不多见的啊！"

如此等等，说得眉飞色舞。这种从头到尾都用传说的眼光去鉴赏的做法，我们是不敢苟同的。

人常不看好茶具店教育，但益田钝翁等人，既能买那么精美的名器，又不使用假货的人，却不怎么懂艺术，这到底是咋回事呢？这是因为他没有受到最基本的美术教育的缘故。比如你拿着油画给他看，他会毫不掩饰地说：

"我不懂油画。"

本来这是不可能的。只要是艺术，因为都是从人的精神和美感以及审美思想创造出来的，我们觉得都差不多，都可以用一样的语言解释。

我们还是不要绕弯路，还是回来看茶碗吧。就说手头便笺上写的长次郎吧。长次郎的长处是，具有艺术品不可或缺的风度和文雅，毫不生硬别扭，气势非凡等，不论绘画还是雕刻以及建筑等，有名的艺术其实都是如此。但是就拿长次郎来说，他也不过就是从信长时代到桃山时代的一个近世的人，我们尊重崇敬是应该的，但也不过就是那样。你看更古的，弥生时代的土器，那种天真烂漫和巧妙手法，那种优美线条，令人叹为观止。从那种自然随意的气量上来看，就算长次郎也是一种后世的人为，但作为茶碗当然是属于一种高级的人为。任何物品只要是人做的，都免不了人为。

把这些给那些半桶水的人看，就会有人说三道四：

"有些人为的做作。"

"碗沿有些怪，不要这样做，只要直线就好。"

但直线不一定就好，有高低起伏也并不见得就不好。那高低起伏也都是作家人为地做出来的，所以本来就应该是因人而异的。他的所作所为是为了什么才是问题所在。一般来说，人为分好的人为和不好的人为两种。我相信好的人为做出的东西就是名器名作。在这个意义上，长次郎的茶碗是无可挑剔的。但是，室町时代、桃山时代本身，就具有丰富多彩的特征。时代这个东西，越早越吸引人。当然这也有限度，但就美术来说，一千年前就比五百年前的好东西多好多，再看两千年前的又比一千年前的显得有气势，有许多精美的东西。就是说美的东西不往很早很早的从前看，就不可能看到格调高雅的。从这点上来说，我觉得长次郎作为一个个人作家确实是第一人。

还有一点，茶碗这种东西，也就是那么个什物，不像其他绘画或者织染、描金画那样需要复杂的工序和研究。只要做出这样（用手做茶碗状）简单的东西，然后赋予其精神和高雅趣味就成了。绘画仅仅这样是不行的，不做各种研究和练习是不行的，不像做茶碗那么简单。而长次郎这个人，喝茶的人要他做个茶碗，他就做个茶碗给人家，就是这么简单至极的一个事。但这么简单的事情，他却毫无杂念，集中精神制作，这才是长次郎的天性，也是长次郎了不起的地方。

很多书上写着说千利休指导长次郎做茶碗，但我觉得千利休并不像大家说的那么了不起。从千利休的墨迹上能看出，他是一个相当顽固的人。千利休追求练达的结果，显出一种咄咄逼人的墨风，技法娴熟老练。千利休肯定是一个很精干的人，给人的感觉就是一个干练精明的人。但是怎么看长次郎，都没有什么精明干练的地方。他仅仅就是一个热心的、恬静的、给人好感、很好交往的普通人。但是气势却不输人。朝鲜茶碗中井户茶碗很有名，但是为什么说井户茶碗好，那是因为井户茶碗相比其他的有品位，有气势。其他茶碗虽然可能也是名品，但总有些轻浮。这种优势是长次郎作为个人作家最为出色的一点，我们这么说一点也不为过。说千利休指导，大概就是千利休根据自己的嗜好习惯给长次郎说，请做这么大这么高之类的吧。因为自己想用嘛……但是要说都是在千利休指导下制作的那是不可能的。指导指导，人的能力并不是那么容易就能改变的。用菜园种菜来说，教育就像施肥，俗话说瓜蔓长不出茄子，你不论上多少肥，瓜也不会变成茄子，反过来当然茄子也不会变成瓜，最多就是结出多少好吃一些的茄子而已。

"这茄子色泽好啊！"

施肥式的教育最多只能做到这个程度。人也一样，教育也可以说就是对人施肥。所以说人接受教育比不接受教育好。但是你就是接受了教育，瓜也绝对变不成茄子。天才就是在这样的地方超出一般人，具有与生俱来的天分。天才也有个性，说到个性，每个人都有不同的个性。有的大，有的高，有着各种各样的特征。但是你生下来是个茄子也就只能是个茄子，你好好学习就能成为一个上等的茄子。我把这称为发挥个性。因为千利休的指导，才出现了长次郎那样精美的茶碗，这在艺术上是没有道理的，应该坚决予以澄清。这绝不是千利休的才能，而是得益于长次郎与生俱来的艺术天分。千利休稍微指点一下，千利休想象的乐茶碗就做成了。从千利休做的茶勺和切断竹筒的切口就能看出，他没有长次郎的那种沉稳。毕竟他咄咄霸气有余，而悠然之气不足。大概正因为这种性格，他得罪了太阁大人[1]。

再来说常庆[2]。常庆的作品实物很少见，不好评论，但《大正名器鉴》上登有照片。我也只知道这么一点。到底是桃山时代的作品，有着那个时代特有的壁虽薄，却丰润有力的特点。但缺乏长次郎那种高雅的气势和分量。桃山时代是个什么都丰满圆润的时代，所以就做出了那样大小也比较随便的茶碗。因为前边有长次郎那样的先人，所以他们这些后人做事就比较轻松了。

然后就是道入和光悦。在具有比较广泛优美、精巧的风雅趣味这点上来说，光悦出类拔萃。这个人应该是不为人知的会吃的人，他绝对是一个喜欢吃的美食家。能有那么多兴趣，不吃美食说不过去，但却从未听说过。所以也可以有另一个看法，

1　太阁大人：丰臣秀吉。丰臣秀吉夺取天下后封官太阁，后世多敬称丰臣秀吉为太阁。茶人千利休起初深受丰臣秀吉恩宠，后因得罪秀吉被命自尽。
2　常庆：乐常庆，战国时代到江户初期陶工。传世作多为黑乐茶碗。

那就是他也许不是一个美食家。因为他做的都是喝茶用的茶碗，没有食器。如果是个美食家，那他肯定会想做食器。要吃好吃的食物，没有好的食器肯定不会罢休。茶也一样，只有在名品茶碗中点茶喝茶才算喝茶。完全没有鉴赏眼力的人当然不说了，懂得鉴赏名器的人，用有艺术价值的茶碗喝的茶也不会是平常的茶，会产生感动。现在流行茶道，就是看中了这种魅力。话说回来，现在有人用百货店卖的那种工匠做的拙劣的茶碗练习茶道或开茶会，这样的话当然就没有从茶碗开始学的必要。从一个名品茶碗就能学到很多高雅的趣味，能产生相当的感动。比如就拿常庆来说，推测他是个什么样的人，看他有着什么样的兴趣，觉得他是一个少见的人物，有着高尚的人格，值得我们学习的地方很多。用无名的不值钱的茶碗喝的茶，到名古屋一带去，不论菜摊子前边还是什么地方都会给你喝。用那种不值一文的茶碗喝茶，只有苦味，就是吃亏。还用咖啡杯子喝抹茶的，那就只是名字叫个"茶"，太没有意思了。就算没有长次郎或者光悦茶碗，起码也要有差不多一流的，被称作名碗的茶碗，在讲究的茶席上，挂着令人感动的画作，用有名汤釜（茶水锅）烧水，火炉框沿也要非常讲究……看到这些，自然就能看出该茶人茶道的功德。

最近城关一带茶人不这样，他们用的那些茶碗，哪算是茶道呢？那仅仅就是把抹茶用开水搅拌搅拌给人喝，那能学到什么呢？如果只是喝茶解渴当然没有问题，但是要说那就是茶道，喝的人也觉得自己有着高雅的趣味，那就大错特错了。

光悦出生在一个以鉴定刀具等为业的家庭，一定是一个相当的大户人家的少爷公子，是一个能画画、会写字的多面手，所以他顺便也就想做做茶碗吧。当时已经有了模仿对象，长次郎、常庆、道入等就在那里晃悠，以他这么心灵手巧的人，当然一看就会了。但是，光悦可不是一个随随便便的轻浮之人，他干什么都认真，所以做陶便成了他的天职。但是从长次郎、道入等角度来看，当然还不是一个等级，还是差不少。总之看不到那种气势。即使这样，他还会鉴定刀具，字也受人称道，也能画不错的画，描金画也做。你看他在螺钿之间镶嵌铅粉、珍珠贝、金粉制作的那些描金画砚盒等，每件艺术性都很高。但是光悦有自己的特点，他的作品受人欢迎。如果再往上走，那就不是什么光悦，就成了职业的匠人了。不去做匠人应该说就是光悦的长处。在这点上也有时代的功劳，这一点我们是争不过的。至于到了真葛长造[1]、永乐保全[2]等德川末期的人，因为时代不争气，你就是再有才也做不出什么了不起的东西。木米如果生在桃山时代，肯定能做出更富有艺术性的东西，也肯定会理解日本风格。

我非常佩服野野村仁清的是，在那个时代，作品竟然既不像中国的也不像朝鲜的，甚至把中国和朝鲜都抛开了。真是

1　真葛长造：江户时代后期著名陶艺家。师从青木木米，以擅长模仿仁清而闻名。
2　永乐保全：江户时代后期著名陶艺家。京烧代表性作家。

胆大妄为啊！他的专注实在令人佩服。他描绘的那些细密的图案，细细看，也许因为是桃山时代的缘故，实在是丰富多彩。他把庆长时期[1]的织物和染布图案巧妙地描绘到陶器上，既不像中国的也不像朝鲜的，更与日本的九谷烧、伊万里烧不一样。他把类似庆长美术的那些东西表现到陶器上了。那个时代的工匠做得最好的是伊豆藏人偶和嵯峨人偶等，特别是嵯峨人偶，有特别好的精品。把精品嵯峨人偶和仁清陶器比，仁清那就差一大截了。在艺术深度上，嵯峨人偶要高得多，而且也非常精美。

陶器还要借助火力，有着人力所不能及的地方。陶器上描绘的图案烧过后也能更有味道。能借助自然之力，是陶器最沾光的地方。不烧不成，不可能从其他地方借过来，所以很是占了便宜。时至今日，夏天你到镰仓海岸一带去，还都能看到到处都有游人给陶胎绘图的。自己画的怎么看都觉得好。图案都是笔画的，刚画的图案不可能借助自然的力量。但经过上千年的时间后，变得古色古香，就比刚画好的有味儿了。这也是自然的力量。古老的东西什么都觉得好，就是因为自然帮了忙。人为的本来并不觉得咋样的，一古色古香看着就好。比如陶器这种本来就借助自然之力做成的东西，再经过时间的磨炼，人手把玩，出现水痕纹印等，就会产生意外的味道。

在这点上，仁清沾了大光。我也有仁清在纸上画的画，我

---

1 庆长：日本年号之一，从 1596 年到 1615 年。

专心看了一段时间，觉得虽然把仁清叫个画画儿的有些失礼，但他画在画纸上的古径等苍劲有力，完全不是我等能模仿的。我们尤其佩服名人的是，光悦是因为喜欢所以做陶器没有问题，而即使像仁清这样把制作陶器作为谋生手段的，虽然绘画水平也相当高但却不去当画家。乾山画的画笔锋也比其胞兄光琳[1]有力，更有刚性，画作相当不错，但他也不去当画家，因为喜欢陶器而专心制陶。木米的南画[2]也非常不错，而且深受世人喜爱，被高价买卖，但既然能画这么好的画，却也不去当画家，而是当了陶器家。这样做，单纯从收入上来说是很吃亏的。当个画家大概身份也好，收入也高，但他们却不去当画家，而是做陶器。一心不乱只玩一件事情才能做好这件事，正是他们能做出好陶器的缘由所在，我就是这么想的。对他们来说，制陶是出于自己的兴趣爱好，就是一个雅趣，而且他们出身也都比较好。光琳出生在一个开吴服店还是什么的有钱的大户人家，父母死后，光琳和胞弟乾山瓜分了财产，可见是相当富裕的。他们无疑都有着丰富的人生，可以说出身高贵，所以才能做出那么富有才华的作品，表现出一种无拘无束、悠然自得的美感。木米的老师颖川，画也画得非常好，原本是京都一家当铺的老板，画画仅仅就是一种消遣。他烧制彩瓷。他做的彩瓷比较少见，但魁碗等都是很精美的，能用彩金釉的也只有他这当老板

1　光琳：指尾形光琳，江户中期代表性画家之一，工艺美术家。尾形乾山兄。"琳派"画派鼻祖。

2　南画：由中国南宗画发展而来的文人画。流行于江户中期以后。

的才能做到，虽然
妖艳，却刚劲有力。
颖川是木米的老师，
培养了很多弟子。
就是这么样的一个
人，本来不是工匠，
正因为不是工匠，
所以才能做出那些

木米作　黄交趾写酒杯

流传后世的精美陶瓷器。但是与仁清完全抛开中国风格创作出
日本陶器相反，像魁碗那样，他只喜欢中国风格，虽然时代使
然，但也确实很可惜。颖川不懂日本。青木木米也不懂日本，
在他的作品中完全看不到日本趣味。作为一个日本人，应该在
作品的什么地方多少反映出一点日本味道。但像木米这样的人，
既不懂日本的茶道，也对早先的日本画没有兴趣，这肯定都是
受赖山阳[1]等人口口声声"中国中国"影响的。文化、文政[2]时
期，就像最近崇拜美国似的，无疑也崇拜中国。所以日本茶道
在当时就很低调。不会写中国风格的字就不算会写字。赖山阳
的字等，在店家的账房等到处能看到，想到直到最近还有很多
人感激涕零，把那种字装到镜框里挂在墙上，我心里就难受。
赖山阳整个就是一个俗物，只是因为能写汉字就被人捧到天上。

1　赖山阳：江户时代后期历史学家、思想家、汉诗人、文人。阳明学者，著有《日
本外史》等，对当时及后世影响很大。

2　文化、文政：均为日本年号，前者指1804年到1818年，后者指1818年到1831年。

31

最近谁只要懂外语，就被人看好吹捧也是这个道理。赖山阳就是因此被人吹捧的，然后写了本《日本外史》还是啥的就有名了。颖川等人就是被这些影响了，吃了大亏。竹田[1]也是这样，画工那么好，如果一开始就画日本趣味的画，肯定能留下很了不起的画作，可惜只会崇拜中国。中国没有日本这种优雅和情趣。什么时候都以中国为模仿对象，只要日本人以中国为模本模仿个什么，那模仿的不论什么都比在中国还有名。往从前看，有一种叫作镰仓雕刻的东西，最近也被人炒得很热，不论买的还是卖的，差不多都以为那是因为在镰仓那个地方做的所以叫作镰仓雕刻，其实源流是宋代流行的漆雕。把生漆堆积多层，然后雕刻。雕刻的刀痕能看到漆层。杨成等人雕的牡丹等，非常精巧，日本人看得入迷，所以自己也想雕。当时的日本也搞仿造。但日本人不太知道要层层堆漆（髹漆），而且也不会，也费事，就觉得直接在木头上刻上牡丹，然后刷上红漆不就行了吗？这样做也能做出同样的东西啊，然后就那样仿造了。做这种仿造品的人如果是个中国人那肯定一文不值，但因为是日本人，所以就产生了非常精湛的艺术品。现在我们看，仿造品反倒比真品更有美感，有一种被茶人称作"无法言传"的味道。这种味儿提高了镰仓雕刻的名声，但最近还是有些人觉得因为是在镰仓雕刻的所以叫作镰仓雕刻。

1　竹田：指田能村竹田，江户后期文人画家。游历日本各地，著书画论集《山中人饶舌》。

然后就是有名的乾山。人都指着陶器说这就是乾山陶器，可以想象一般都认为乾山是个陶器师。但是我因为自己做过陶器，知道乾山可以说并没有做陶器。他因为绘画技法好，就在方盘等上边很潇洒地画上图案，就成了乐烧。然后大家就都佩服得不得了。他的图案设计比较新潮，摹写了很多荷兰的图案等，所以当时乾山的画风是很有近代感的。前几年毕加索的陶器经常被人介绍，也被陈列展览，但毕加索的绘画与陶器没有什么关系啊。他就是在匠人做好烧成的白盘子上画上图案而已。就我所见，他没有动过泥土。所以那应该说是毕加索的陶画，不应该说毕加索的陶器。乾山也是一个陶画家，要是叫作陶工就有点怪了。要说乾山是个什么，他就是个陶画家。但是，他还有一点令人不好说的地方。根津美术馆收藏的一枚彩绘器盘，他让陶工把盘子做好，然后自己用拇指按了按。按了几下后，盘子边沿就有了凹凸，盘子就被赋予了一点乾山的生命。那枚彩绘陶盘很有名，也很好看。在泥还软的时候，在别人做的盘子上只是用手捏了捏，乾山的生命就被捏进陶盘。但是乾山也给四方陶盘画图案，但这种陶盘与乾山没有啥关系。看陶盘背面似乎有乾山写的字。博物馆有他写的字，很不咋样。乾山从未真正学过写字。良宽[1]真正学过写字，乾山完全看不出真正学过写字的痕迹。模仿的对象也是半吊子的东西，所以看

1　良宽：江户后期曹洞宗僧人、和歌诗人。长于和歌、书、汉诗等。有和歌集《莲露》存世。

不到良宽字那种令人心醉的地方。但是，艺高人胆大吧，他给很多陶盘写字题跋，都很老练圆熟。但是很可惜，他基本上没有动手做泥土活。倒是有比较好的陶盆等，比如画着女郎花、桔梗等的。长尾钦弥[1]收藏的乾山陶器是画着图案的透珑。在图案线条之间刻窟窿，能看见里边的三角形、四边形等的陶盆比较多，那窟窿大概是他自己刻的，但陶盆本身肯定不是他自己用辘轳转盘做的。所以说肯定是让工匠做的。陶盆上边的凹凸部分按图案线条刻，但转过来看却没有圈足等。因为那是工匠做的，乾山肯定一点办法都没有。要是当时我在，我肯定会提醒他……泥土活没做到家。虽然不是完全没有，但基本上没有真正烧窑，所以基本上都是乐烧[2]。但是要说图案之美，那是比光琳有过之而无不及。乾山画的图案豪放有力，很男性。弟兄两人，弟弟比较男性，而兄长光琳要说还是比较女性化的。一个是画了很多有条理的画的历史性画家，一个是历史性陶工。

　　再说奥田颍川。刚才已经说过，仁清抛弃中国，捡起了日本，而颍川虽然是个当铺的老板，却随手就扔掉了日本，捡起了中国。而且是捡起了劣质廉价的彩瓷。现在看，那完全是他的失败。也许有人用着颍川的瓷盆，但用到茶席上太生硬，不协调。虽然很精美，令人佩服，但却缺少味道。

1　长尾钦弥：实业家。创设了"若素制药公司"。
2　乐烧在日语中除特指"乐烧"外，还有一个意思是指低度火烧制的粗制陶器、现场简单烧制的陶器、外行随意烧制的陶器等。

34

颖川作　彩绘平钵

仁阿弥道八这个人业余喜欢雕刻人偶、猫、大头娃娃等，雕得非常好，甚至可以把他看作是一个雕刻人偶的。当时木雕家还有五郎兵卫等许多人，但都没有仁阿弥雕刻得好。本来是个陶器师，却能雕得很好。但是到了仁阿弥道八这一步，已经成了工匠水平了，不能归入刚才说过的那些艺术家中。因为他是手艺很高的工匠，所以道八的云锦手盆等很多很精美的作品能流传下来。有大的也有小的，有上色的也有纯色的，但没有特别有特点的。但因为平易，所以有很多信徒。都是面向大众的，格调比较低。光悦也是，那么有名，水平也那么高，可是也有面向大众、比较平易的地方，格调不是那么高。到了长次郎那个份上就不好懂了。他的陶器上没有绘图案，就是一个漆黑的茶碗，要是没有木盒什么的，随便放到你面前，估计很少会有人说怎么好。这种东西因为木盒上的落款记录着历史和时代，所以有人不管三七二十一就花大钱收买。掉到地上摔成碎渣了一文不值，但完完整整的就值几百万。就是用纯金做一个茶碗，现在的金价也就值五十万上百万。可是那一个茶碗也不过就是一疙瘩泥土，但却比纯金的茶碗贵得多。

如果长次郎用黄金做个茶碗，肯定也会非常精美，毫无疑问会是珍品，肯定比泥土做的陶器更值钱。而且应该也有特殊的味道，用黄金做的，不论形状还是风格应该都不会错。但是黄金熔化后还是金，而陶器如果掉地上摔碎了就一文不值了，就那样还能值几百万，这种事情令人深思。

说到底还是艺术的力量了不起。虽然是泥土，但经过艺术家之手就会被人评价。但是这些都是人做的，所以人不行就不行。人不是艺术家不行，不是道德高尚的不行。人没有品位高的趣味也不行。诸如此类条件不具备的话，也没有价值。总之说到底还是人的问题。

然后还有一个时代的问题。不论木米，还是颖川，或者道八，要是生在室町时代，周围环境好，肯定能做出相当好的东西。但是到了德川末期，周围环境恶化，除了浮世绘什么都没有。狩野派绘画等，就不算数。

到了德川末期有个叫作永乐保全的人，也是一个手很巧的人，金襴手[1]等，多用金制作，所以做出很多很精美的作品。

1　金襴手：日本对五彩加金和青花红地描金等制作精美的瓷器的称呼。借鉴和模仿景德镇五彩瓷以及漳州彩绘瓷制作工艺，融入日本浮世绘等艺术风格，盛极一时，为17到18世纪风靡欧洲的日本外销陶瓷。

作品精美是精美，但其特性是工匠作品。我们觉得永乐作品也就那样了就是这个原因。但是因为精美，就连其子孙做的，直到现在还很流行，也一直有人做。

真葛长造等比永乐还要低一些，好像来过东京，也到过横滨。到这个份上已经很低了，作品已经不足道了。但是还是比现在五条坂的工匠们做得好，比那些有味道，比那些纯粹。但是还是先天不足。

说人的坏话不太好。最近有一派叫作民艺派的，他们主张什么都应该限定在民艺中，而且就那么做。但是不论什么事情都不能随便说应该限定在某个领域的。那样说了，就被限制住，就没有了自由。意识形态对有些人来说有用，但展开视野，能自由飞翔才更好。说茶碗只能是道入的人，我觉得就像把自己绑在喇叭花架子上纳凉的人一样。纳晚凉应该是光身躺在草席上才能凉快，心身自由所以凉快。但是不管在什么样的喇叭花架底下，如果被意识形态束缚住了，怎么可能凉快呢？所以说不能被那些东西束缚住自己，应该让自己在自由的境地翱翔。

不好意思，东拉西扯说了这么多。我说的这些要是让陶艺家听了也许多少能有些参考价值，但是你们大家都是鉴赏家，所以可能没有什么参考价值。东拉西扯，自顾自说，贻笑大方了。

（1953 年，于东京国立博物馆讲堂）

给立志做陶艺家的人

——关于表现在艺术上的人和作品的关系

虽然接受邀请来做关于陶器的讲演，但我很为难，因为不知道到底说什么好。

贵校到底希望我讲些什么，有什么期待，日本和美国的风俗习惯完全不同，到底应该讲些什么？我实在是不知如何是好。

特别是我做的陶瓷器，都是按我自己独特的方法做的，在日本独一无二，没有先例，连怎么传给日本年轻人我都不知道，何况国情不同的美国。我很担心我说的意思大家到底能不能理解。

这么说是因为我制作陶瓷器基本上不用机械，我把陶艺当作一种自我心中的艺术，我只相信自己心里的美感，一直把以艺术眼光观察的自然之美当作创作灵感之母，当作我的师匠，师法自然，制作美术价值至上的陶瓷器。

机器做的事情就是机械性的事情，我认为想让机械创造艺术几乎是痴人说梦。

总之我觉得不论制陶，还是任何艺术，不能打动人心，不能令人感动，那就没有价值。

就拿绘画雕刻为例来说，占据高位的著名作品，无一例外都是能打动人心，能促进人心改变的。陶器类也是这样，放眼看看全世界，大致五六百年以前烧制的古典作品，都具有不灭的艺术生命。日本也是这样，那之后三四百年以后烧制的作品，除了两三个名家，比如各位也都知道的乾山，或者光悦、长次郎等做的茶碗，仁清、木米等的作品以外，基本上都是匠人做的器皿，看不到真正的艺术品。

在这点上，中国和朝鲜同出一辙，过去三百年，就算有低级的聊以慰藉的作品，但能打动人心，能令人感动的作品也是凤毛麟角，或者说完全没有也不为过。

欧美各国大概也差不多。这大概就是重视机械的作用和仅以优雅的心灵之美作为创作源泉之间的区别。

就像要做低价的日常用品一样，现在各国用流行的方法制作日常用品当然一点也不应该否定。这一类日常用品那样发展就很好，没有问题。问题是你要是想做给有着高级趣味的人看的作品，或者更高一层，想要以不全身心投入高度纯真的艺术中就不罢休的作家精神制作作品的话，首先不放弃对机械的依赖绝对不行。说得极端一些，所谓机械文明与我们所追求的艺术之心毫无关系。这样说一点也不过分。

总之我们所认为的艺术，全部都是真心之作，只追求理智和理性是一事无成的。

如今在日本制作的陶瓷器，不管制作得如何精致，都是低水平的日常用食器，只不过是厨房用的器皿而已，都是为了大量销售而下功夫大量制作的。因为制作人心中本来有的就只是生意经。

最近在美国各地举办的日本古美术展据说很受好评，这是当然的。美的东西什么人看都是美的，只要没有斜视的眼光和怪异的爱好，看到美的东西觉得美那是理所当然的。当然从没看惯美时突然看到美也会有没反应过来的可能。在这点上，陶器也是一样的。认真观察，不懈地比较研究被高价买卖的那些有名的、高级的、具有古美术价值的陶瓷器，自然就能看懂其美之所在。

听说美国大致是从三百年前日本美术衰亡时开始发展起来的，所以视野、身心、想法等都是新的，陶瓷艺术等也像春天的草木一样日新月异地发展。从美术史上来看，相比日本也许还是一个发展中国家，但一百年后的美国美术文化一定会获得惊人的发展，一定会出现值得惊叹的伟大作品。

听说日本古美术展的展品虽然都是鉴赏眼光低的人看不懂的、比较土气的、颜色比较灰暗的作品，极少有红的蓝的，适合于喜欢奢华、鉴赏力幼稚人看的作品，但还是有不少美国人能理解这点，这都是美国人率真的直感所然，我作为一个日本人不胜快慰。

就说绘画，比如雪舟只用黑墨画的几幅水墨画，听说美国人都能欣赏，日本人都很惊诧。日本人也只有少数具有相当审美眼光的人才会欣赏水墨画，而美国人一下就看懂了，由此我们知道征服了美国人的不只是浮世绘。作为日本人确实打心里高兴。

从这些现象就能看出，正确理解艺术性陶瓷器也不是不可能的。如果有更多的人理解远离机械文明、发自内心制作，并借助火力这种自然之力做出的陶瓷器的精美，也就能发现生活在真正和平社会中的人的幸福。

但是，这些作品都是人制作的，也是供人欣赏的，所以如果不先提高人的审美水平就不可能实现。

日本现在也缺乏这样的人，有鉴赏价值的陶瓷艺术没有人做。特别是充满苦难的战争悲剧，蹂躏了所有的人，所有的事情都错上加错。何况与陶瓷器制作有关的人，基本上都是水平比较低的人，所以在可以想象的时期是不要奢望能出现流芳百世的作品的。

而美国却像没有任何颜色的一张白纸，反而令人充满期待。

不管怎么说，想当制陶作家的人，首先得提高自己的审美素养，必须是一个有极高审美能力的人。只要你做关乎美术的事情，就必须要有极高的鉴赏能力。当今的日本满眼望去都是根本不合格的没水平的人，实在丢人。

还有，想当陶艺作家的人，一定要用敏锐的眼光鉴赏世界中的古美术、世界中的近代美术。现在稀里糊涂的人很多，所以这一点我要特别强调一下。

自己是个陶艺作家，就只关心陶瓷器艺术，不关心其他艺术的话，你就只能是一个工匠。

我认为做不到不断追求美、热爱美、掌握美、与美接吻，那么作为一个美术家，你的生命就走到尽头了。在艺术上只有热烈的爱决定一切。

我还想说一点，陶瓷器作家都是用绘画表现陶瓷器艺术，然后是用陶土制作陶瓷器。因此说，我们只要看他的画，就能知道他是一个什么水平的陶艺家。

就像我现在说的，所有的陶艺家在用陶土制作以前，都应该学会先用绘画制作陶器……我坚信在这件事上取得相当成功后，再开始动泥土制作一点也不晚。

另外，模仿自古以来的陶瓷器名品也是很有必要的。应该专心致志，即使被人看作是一个狂人也应该在所不惜。我坚信只要这样不断修炼，你的个性就会得到发挥，自然就会创造出属于你的艺术作品来。

只有如此，你才能产生坚强的信念。柔弱无力消失殆尽，属于你的只有坚强刚劲。无力的艺术谁看都没意思。只有信念坚强的人才能创作出强有力的作品。刚强有力，而且气势宏大，这才是我期盼的。

现在随便哪儿都有表面设计美丽的流行作品，对这些流行应该熟视无睹，要一心不乱只追求内在美。

就像装假香水的瓶子，虽然瓶子的设计和商标也许令人惊叹，但里边装的香水如果名不副实，那也没有任何意义。和香水靠内容物决定一切一样，内容是艺术的生命。没有内涵的陶瓷器，比如说日本的某某人的作品就不能令人打心眼里赞赏。不仅这一个人，现如今日本全部的陶瓷器都应该受到如此指责。

中国和朝鲜的陶瓷器，精美的都是四五百年以前的。我觉得现在其他国家的新作也没有什么值得看的。

现在做出的陶瓷器，因为与我们和时代同步，所以我们容易理解，也很容易便能发现作品的长短好赖。好的作品我们欣赏，不好的作品我们嘲笑，好的作品暂时会流行。在这里与历史流传下来的精品有着天地之别。因为时代的不同，对于从前的古物不可能每个人都能欣赏，但有心之人对于一千年、两千年前我们的先人留下的古美术如果熟视无睹，漠不关心那是说不过去的。

不论多么伟大的艺术，其作者也与我们一样都是人，他们只是比我们出生的时代稍微早了一些，与我们的意图不一样，这是我们无论如何做不到的地方。但他们与我们同样也是人，仅仅是因为出生在一千年、两千年、三千年前，所以创造出了伟大的作品。

古代陶瓷器作家的生活贴近自然，他们对大自然之美了如指掌。意外的是现在的人大都对大自然没有关心，也可以说是对自然之美的伟大之处无动于衷。

现在的日本画家等不知道自然世界所具有的惊人之美。有人画山水画，但只是按自己对构图的兴趣在画，看不到他们对自然之美的追求。他们只是模仿了传统的皮毛，与猿猴模仿人的行动无二。所以我不能不坦白地说，很遗憾，现在的日本没有真正意义上的山水画家。

至于陶艺作家，与画家相比，更是到处都是无知无能之辈，没有人谈论美，没有人追求美。在这种状况下，现在除了少数个人作家以外，大部分人的美术眼光都逐渐低下，自行堕落、玷污艺术、残杀陶艺，令美术世界失去绚丽的色彩。

今后应该是革新的时代。如果不能不断涌现革新家，那就没有希望。我们需要打破现状的人，需要有着坚韧意志的强人，需要能全身心投入对美的追求、只要与美有关便热爱、不追到手誓不罢休的人。

只要是人创作，就需要人。没有人一切都是白说。做陶瓷器以前，先要学会做人。名品只能从名人手中产生。应该知道，不修身养性，就像在黑暗中做事一样，愚蠢至极。

乏味的人做的事情也只能是乏味的。出色的人做的事情也会是出色的。这是确定无疑的。

就是说首先要学会做人，然后才是做事。应该知道，学会做人，就是打好创作的基础。

（1954年，于纽约州立大学艾尔弗雷德州立学院）

刿魂之美

　　只看陶瓷器不会懂美。看懂所有物事之美，通过那些美，也就能看懂陶瓷器之美。而只有真正痴迷该物事，才能对该物事之美真正理解。

　　对该物事是否真能痴迷，这才是问题之所在。即使一般的东西，只要自己痴迷其中，差不多也能搞懂其特有的美。但大部分人都是被动的，基本上都是受他人意见的影响。更有甚者，看不到美，只看到钱。也有人一半看美，一半看钱。

　　每个人的眼光也不同。每人都只可能在自己的能力范围内理解。因此一百个人中只要有一个人具有伟大的审美能力，那么其他九十九个人的审美能力就浪费了。总之社会上充斥着胡说八道的人。他自己即使不那么想，也要那么胡说八道来骗人。

　　看一个东西的美丑，是单从是否悦目出发，还是把那个东西当作自己的交心挚友来看？要作为交心挚友来看，不进行灵魂之间的交流不行。只有进行触动灵魂的交流，审美的态度才是真实的，才能进入极乐世界。正像最近那些为了取悦观客和入选展览的绘画作品那样，没有美感。当今的绘画，总之就是不能刺激人的心灵。

作品应该是无心之作，只有在无我的心境下制作的作品才能打动人心。但是人们很难进入无我的境地。这就需要修行。大部分人都是受虚荣心的驱动才做事，那怎么可能做出好东西呢？成为人们信仰对象的佛画，当初都没有落款。落款都是后来才开始的。

开始署名落款了，佛画就失去了崇高的信仰，变成了人们的玩物。我如此口干舌燥想说的，就是要逆社会上的潮流而行。美术界有"淘到宝贝"一说，大家都想低价淘到珍品。搞挖掘的人很多都是只看出能值多少钱，很少分辨出美丑。这是不行的。

另外，在只收藏好东西的店铺里寻找好东西比较容易。在便宜货中还要砍价的人，秉性肮脏，不可能收集到好东西。

锅岛[1]、柿右卫门具有工艺美术之美，但缺乏精神之美。到那一带去看，古九谷[2]还是很多，也有艺术性。在忘我状态

---

1 锅岛：指锅岛烧，江户时代锅岛藩窑（佐贺县）烧制的高档瓷器。主要作为赠送将军家和其他大名家的高级礼品。

2 九谷：指九谷烧，产于石川县九谷地区的陶瓷器。明历年间（1655—1658）到元禄年间（1688—1704）烧制的九谷烧后世称作"古九谷"。

下做的东西有灵魂。古九谷和锅岛的区别相当于町人[1]和武士的区别。町人喜欢的东西有着意想不到的味道。

就是说我希望有刳魂之美，仅此而已。

（1947 年）

---

1 町人：市民。

日本的陶瓷器

　　和其他文明国家一样，作为日常生活用品开始使用的陶瓷器，其历史在日本也能上溯到公元前几个世纪。但是陶瓷器成为人们的欣赏对象，却是很久以后的事情。从9世纪到12世纪，是日本的平安朝时代，是一个宫廷文化的璀璨时期，这一时期是一个主要学习中国文化、万事万物都以中国文化作为典范的时代。而陶瓷器在这一时期也主要是进口中国历代王朝，特别是唐朝、宋朝的陶瓷器，有着美丽色彩的陶瓷器受到珍重和珍爱。这一时期传入的中国文化，在精神层面上主要是佛教文化。日本从这一时期一直到18世纪为止，受到佛教文化的影响，不仅精神层面，物质层面也深受影响。伴随佛教文化传来的事物中有一种叫"茶汤"（茶道）。被称作茶汤的这种活动样式，到了16世纪大致完成。伴随喝茶的各种行为形式化后成为了一种社交行为，或者游戏。这种社交行为或者游戏对于上流子弟来说，一方面是一种礼节教育的手段，另一方面也孕育了他们对文化修养的态度。

希望修炼这种"茶汤"的人，在乍一看几乎没有装饰、简素狭小的茶室，使用粗糙的茶器，而且通过各种严格的程序做的各种动作，学到了：依据更少的某种美，无形、无色、单纯的美，来表现更多效果的美的一种形态，以此理解这种作为佛教世界观产物的某种美的观念。这种茶汤使用的各种茶具——茶碗、水壶、酒器、花器等，都必须是陶瓷器。

就这样，陶瓷器通过茶汤在日本人的精神世界中占据了牢固的地位。

当时的上流人士、文化人士作为这种茶汤文化的冠军，要求使用的茶器和食器、花器必须是最能表现茶汤精神的美术工艺品，最后发展成他们自己开始踊跃创造制作这些器具也是顺理成章了。

供人们赏玩的陶瓷器，伴随着茶汤的流行，也作为"茶汤"的美术品出现了。

从贵族的平安朝时代到武士的镰仓时代，然后经过各地武士武力割据的战国时代，直至被有力武士统一的时代，也就是16世纪后期被称作桃山时代的日本封建文化的黄金时代。

在这个时期，"茶汤"形式有了大发展，同时大致以这一时期为中心，陶瓷器制作方面也辈出了制作出最精粹艺术作品的伟大陶匠。长次郎、本阿弥光悦、野野村仁清、尾形乾山等就是其中的天才。

他们在当时都是一流的艺术家。不但作为陶匠是超一流，就是作画、写字，或者作诗等各方面，也都是卓越的艺术家。

他们的作品——茶碗、酒器、水壶等流传至今。那些作品的色彩之精美，设计之绝妙，造型之卓越，随便哪一个方面都是任何一个后代作家可望而不可即的。

在他们之后，18世纪还出了一个叫作青木木米的陶工，他也是一个在图案设计以及陶瓷器造型技术方面非常出众的名人。这些陶工每个人都给日本的陶瓷器赋予了极高的艺术价值，可以说他们的作品决定了日本陶瓷器鉴赏的标准。

这些名人也是给自己的作品刻印上自己名字的人。除他们以外，日本陶瓷器作家中还有无数无名的优秀陶工，在各时代、各地制作了大量陶瓷器。

备前烧、濑户烧[1]、信乐烧、九谷烧、织部烧、伊万里烧、有田烧，等等，日本各地涌现出了具有该地方固有造型和技术的陶瓷器。这些窑厂的特定陶瓷器中，有很多非常精湛、艺术性很高的作品。

上述事实雄辩地说明，生活在这些地方的无名陶匠中也有许多优秀的工匠甚至艺术家。

从古备前、古濑户、古九谷、织部等古陶窑出产的作品中，

1 濑户烧：今爱知县濑户市一带生产的陶瓷器的总称。濑户窑为日本六古窑之一。其产品因在东部日本一带广为流传，"濑户物"在日语中竟成指代陶瓷器的一般名词。

有些茶碗、水壶、碟盘等，与刚才说到的那些伟大的陶匠的作品，很多都被指定为国宝。这些作品在当初制作时，并不是有意识地当作美术工艺品制作的，而是无意识地当作日常用的生活必需品制作的，是一种无心插柳的美术工艺品。

经无名作家之手制作的陶瓷器，与上边提到的各个时代的有名陶匠制作的作品，作为美术工艺品，自古以来时至今日，基本上都是后世作者制作陶瓷器的理想的范本。

这些具有极高艺术价值的日本陶瓷器，在我们看来，即使与古代波斯的陶瓷器相比，都是极为精湛的作品。

桃山时代以后，吸收并消化了中国文明以及朝鲜独特妙趣以后的日本，在制作陶瓷器上，开始创造并传承了真正属于自己的美的传统。

16世纪到18世纪的日本，在陶瓷器作者——陶工中出现伟大艺术家的同时，在鉴赏这些作品的购买者和收集者中，也出现了大量具有评价和鉴赏这些具有极高艺术价值作品水平的人。

也就是说，桃山时代以后的时代，是一个充满这种唯美艺术氛围的时代。

日本陶瓷器之美的本质，可以说与上边提到的"茶汤"的简素之美、无技巧之美、沉潜之美相通，是一种属于东方的美，并创造了广义上的佛教文化的一个侧面。

而爱好这些日本陶瓷器之美的感情，并不限定于陶瓷器，同时还包括中世纪日本的戏剧谣曲、能，以及属于中世文学之一的连歌、俳句，还有日本绘画。

18世纪以后，伴随着德川幕府封建统治能力的衰弱，这种日本之美的传统，以及日本陶瓷器之美的传统也逐渐开始衰退。

与其他工业生产同样，在陶瓷器制作方面，当年的那种行业协会式的制作方法开始带上商业主义大量生产方式的浓厚色彩，作为生活趣味的唯美陶瓷器的生产，也在时代的波浪大潮中，逐渐孤立，直至成为少数。

在现代日本，苟延残喘的唯美陶瓷器生产，在各地找一找也许还能找到，但大都是个人作家的小规模陶瓷器制作，或者是为了满足当地一小部分人的特殊需要而制作的、具有当地特色造型的某种生活用品。现在大概也只残存了这种衰微的制作形态。

但是，鉴赏家以及购买者中却有很多人还在心底留有欣赏过去的陶瓷器的唯美传统，还有希望爱惜这些陶瓷器的意图。

当年，几个世纪以前作为美术工艺品制作的陶瓷器以及当时作为日常生活用品制作的精美陶瓷器，今天都成了收藏家的收藏对象，或者被当作装饰物郑重地摆放在神龛上，或者棚架上，还有的被小心翼翼地保存在仓库里，偶尔在招待宾客时拿出来，用于喝茶、饮酒、进餐等，作为招待的特殊道具使用。

这些艺术品、工艺美术品陶瓷器，作为茶碗、酒器、食器（小碟、小盆、饭碗等）、花器等流传下来。作为所有者的那些家庭的主人，在使用这些陶瓷器的时候都是小心翼翼、极尽郑重的。

现在日本对于这些作为艺术品的陶瓷器感兴趣的确实不多。但是即使如此，在社会生活中，这种兴趣爱好还延续在部分市民中。

对于日本之美的向往只要还残存在日本人的心中，这种爱好陶瓷器的传统，虽然会有各种变化，但也一定会永远流传下去。

[1955 年 9 月 6 日，在 NHK 国际电台英语广播节目面向
全世界播放（除华南和南美地区）]

濑户烧、美浓濑户烧发掘杂感

前一阵子仓桥[1]要我在彩壶会做一个讲演，但我没有仓桥那么会说，所以几次都回绝了。后来我回答说我可以先把过去发掘的几件美浓陶瓷器摆出来，一件一件简单解说一下。

日本人自古喜欢志野烧陶器。但是志野烧到底是哪儿出产的谁都不知道。一般人都相信是一个叫作志野的人请人在濑户烧制的这个传说。

昭和五年，在名古屋的松坂屋[2]总店举办了一个我的陶瓷器作品展。当时来帮忙的荒川丰藏君是多治见人，对美浓国[3]的事情知道得比较多。他教给我釉料、颜料的知识。我请他利

1　仓桥：仓桥藤治郎，实业家，古陶器爱好家。
2　松坂屋：一家著名百货商店。日本百货商店最上层一般都有举办各种展览或展销会的空间。能在著名百货店举办个展，是一个艺术家成功的标志。
3　美浓国：藩国之一，在今岐阜县南部。"多治见"在岐阜县南部，为美浓烧中心产地。

用展览会期间的余暇时间回美浓去找一些老的釉料，两三天后他就回来了。那时他带给我几片志野烧的残片。我问他这是什么。他说这就是真正的志野烧。我吃了一惊。一直以来谁都不知道志野烧的窑址。我兴奋得马上就到美浓国去，怂恿荒川君在有可能性的地方挖挖看。没想到挖出的却是美浓几十个窑迹中最古的大萱窑。

能挖掘出志野烧，我很兴奋。后来从同一个窑里发掘出志野烧和黄濑户，我就更兴奋了。然后就一个窑接一个窑地发掘。发掘多个窑址后，我大概搞清楚了美浓窑的秘密。

比如说搞清楚了自古以来茶道很讲究的古濑户并不是濑户产，而是在美浓烧制的。其中我也颇感意外的是，从前有一种黑色的沓茶碗，一直以为是专门为茶道烧制的，数量很少，但却从久尻窑挖出了堆积如山的沓茶碗。显然是像做擂钵 [1] 一样大量烧制的。而且还发现濑户黑茶碗是和擂钵一起烧制的。那么讲究的濑户黑茶碗竟然是和生活用品擂钵一起烧的！然后也知道了所谓的志野烧也不是专门烧制，而是与黄濑户一起烧制的。

另一点令我深思的是，大萱窑的志野烧看起来最具艺术性，最精良。大萱窑的志野烧成为自古以来茶人珍重的陶瓷器的艺术根源。

虽然在发掘方法方面受到奥田诚一君等人的批评，但因

---

1 擂钵：用于研磨味噌和芝麻的容器。

为发掘，搞清楚了上述问题，算是没有白发掘。还有一点，发掘区别不了陶瓷器的烧制年代顺序。堆成一堆，并不一定就是下边的时期早，上边的时期新。从年代上看，其他的绘画也是一样，都是时代越古老一般来说越好。二百年前的就比五百年前的差。五十年前的也比现在的好。大萱窑最古，因为古老所以大萱窑的也最好。可是也不知

传世古织部筒杯

道什么时候，大萱窑却成了被濑户窑排斥的陶工的立足之处。濑户据传有三十六窑，一个不漏都发掘了的就是我。那还是昭和二年（1927年）的事情。我当时在濑户市一个叫作助的人那里做事，到了冬天，那一带就有一个猎人打野鸡等。那个打猎的在山里乱转悠，在谷川发现了许多陶瓷片，他觉得附近肯定有窑址，就挖，挖出一些陶瓷就拿到古董店去卖。那个打猎的说要带我去挖，没想到就把三十六窑一个不剩地全部挖了一遍。

通过这次发掘和以前对美浓濑户的发掘，我知道了濑户与美浓濑户的年代区别。今天没有把濑户三十六窑的发掘品带来，但美浓濑户却有与濑户烧很相似的东西，大致都能区别开，但其中也有一些就连我这种平时都能看出区别的人也很难看出区

别的。大萱窑与久尻窑之间有一个叫作五斗莳窑的窑。我以为这种濑户烧的传世茶碗都是濑户窑产的，可是美浓的五斗莳窑却出土了与濑户窑产几乎一模一样的古色古香的茶碗，而且出土了很多，我当时很吃惊。这使我想到，就在濑户三十六窑最为兴盛的时期，美浓可能已经有了窑。

最后再说一段技术上的话。因为火的作用或者其他原因，匣钵被烧变形后，里边的茶碗也会变形。这是自然变形的，所以对我们烧陶的人来说，这是一种很有意思的体验。其他还有很多说不完的话，今天就按事前说好的，在这里只说一些关于发掘的感想。

（1933 年）

古九谷观

　　在德川的万治[1]年间，大圣寺[2]的藩士后藤才次郎[3]去九州有田[4]学习陶瓷器制作的奥妙，回去后创造了所谓的古九谷烧。或有人说是到中国去学了古彩瓷绘法。有人很喜欢考证这些事情，但像我这样的人，属于对这些事情几乎不感兴趣的一类人，若有那闲时间还是去看作品要紧。看实际的作品，感受实际作品的价值。还要被作品所具有的美感动，修身养性等，我们是很重视这些方面的爱陶人。所以完全没有偏向。就是说好就是好，不好就是不好。所以觉得文献等也不过就像刺身的配料而已。

1　万治：日本年号。江户时代的 1658 年到 1661 年之间。
2　大圣寺：地名。石川县加贺市大圣寺町。江户时代有大圣寺藩，为加贺藩支藩。
3　后藤才次郎：江户时代前期著名陶工，九谷烧之祖。万治二年（1659）受藩王之命去有田学习烧制陶瓷器。据传在长崎遇见几个从中国（明朝）亡命来的陶工，遂带回，开古九谷窑，创九谷烧。亦有其他传说。
4　有田：今佐贺县有田町。有田烧产地。

但是，这也不过就是我一个人的意见而已，不能再说下去了。下边还是言归正传，说一说古九谷烧到底有什么美的价值。

在这里我把自己一直思考的和盘托出：伊万里烧、有田烧等与古九谷制作手法虽然基本上差不多，但体现在实际制品上的美的要素，可以肯定地说，前者与后者之间的价值区别简直就像黑和白的区别那么大。有田烧和伊万里烧虽然也有很不错的作品，但可惜的是，不管多么好那些也都是陶匠的成果，看不出任何超出工匠艺术的价值。换句话说，完全就没有艺术性，仅仅就是一种没有精神性的工艺美术品而已。所以虽然很合缺乏审美意识、趣味低级的欧美人的口味，但对于日本有眼光的鉴赏家来说，你要是让他们也喜欢这个，那就太折磨他们了。

相反地，古九谷可说完全不同。当然因为制作的好坏，同样的古九谷也有很大的区别，不能说所有的都是艺术性很高的。但其本质却是绝对艺术性的。我总认为这真是一种很不可思议的现象。伊万里烧、有田烧不管你怎么摆弄，它的美的地方都是工匠做出来的，很遗憾，缺乏深度，缺乏味道，缺乏韵味，只不过是一种干巴巴的东西。相反地，古九谷烧打眼一看，强烈的艺术感就迎面扑来，同时心中便会自然涌现出欣赏艺术的兴奋。在这一点上，虽然是同一个时代，同是日本人做的，但伊万里烧、有田烧仅仅是一种工匠艺术，而加贺的古九谷烧却非常富有艺术性，着实令人感到不可思议。

到了这一地步，我不但不能尊重伊万里烧、有田烧，也不会想着去收藏欣赏，甚至连日常生活都不想用。而到了古九谷烧，如果看到精品，借钱都想搞到手，每次我都会在出手买以前烦恼半天。古九谷烧的艺术性简直惊人。古九谷烧有着雄性之美、狂放之美、雅亦颇雅，断然超越全世界的所有陶瓷器。与万历五彩瓷等相比也是有情世界，在富有人情味这一点上，作为我们的国产品，令人骄傲。

我们再换一个话题说。经常有人把古九谷烧和久隅守景[1]联系起来，世上好多人看到古九谷烧上的图案好，马上就认为是以久隅守景画为底样的，然后就习惯性地兴奋不已。在这点上，久隅守景沾了大光，因为他本来就是一个有名的画家，所以俗人们听起来就如雷贯耳，然后就有无聊之人明知那是胡说八道，但也一直流传下来。关于古九谷烧上的图案，在这里披露一下我自己的观点。我认为古九谷烧的很多作品有着远比久隅守景绘画高的价值。久隅守景当然很有价值，但要说他不如古九谷烧的地方，那首先就是笔力没有九谷烧刚劲有力。古九谷烧有一种不可思议的刚劲笔力和豪放气势。而守景的特征则是，虽然其绘画有着超过常人的雅致特点，但却缺乏雄劲和气势，而这一点则是我感到的守景绘画的不足之处。

1　久隅守景：江户时代初期狩野派画师。通称半兵卫，号无下斋等。狩野探幽弟子，世称最优秀的后继人。

总之，在我看来，古九谷烧没有久隅守景之感，倒是有点俵屋宗达[1]之感。话虽这么说，但守景设计或者提供图案底样可能也不在少数。但从流传至今的无数古九谷烧来看，类似久隅守景绘画底样的，大概不足万分之一。因此，在我这样鉴赏古九谷烧的人来看，一看见古九谷烧就像机器人一样喊叫"久隅守景"的人，聒噪烦人，令人不适。

　　这话也不多说了。确确实实的是日本过去曾经产出过如此富有艺术价值的古九谷烧，这在日本陶瓷史上值得大书特书。我们可以明确并坚定地说，正因为有这九谷烧，日本陶瓷业才达到了完全的境界。

（1933 年）

1　俵屋宗达：江户时代初期画家。通称野野村宗达，号伊年等。与同时期的尾形光琳齐名。

古唐津烧

古唐津烧的优点是，作为日本陶瓷器与古濑户、古备前、古萩、古伊贺、古信乐等并列一起时，并不会产生应该把谁当作大姐，把谁当作小妹的差距，但却有着远超其他的优异之处和富有日本趣味的野趣。

古唐津当初完全是朝鲜传来的手法，后来逐渐有了日本固有的美形，形成了一种独特的陶瓷器。随后，走出缺乏底力的朝鲜陶瓷器，变化成刚强有力的作风，发扬了纯粹的日本精神，同时还带有典雅的情趣，真是令人佩服得五体投地，心服口服。

（1953）

古唐津烧

63

备前烧

陶器大部分都画有图案。虽然数量不多，也存在日本的绳纹、弥生时代那些几乎不能称作陶器的没有画图案的埴轮[1]。与此相似，备前烧这种陶器也不画任何图案，甚至连釉都不挂。无釉陶中有着不可比拟的美感的就是这个备前烧。你看古备前烧，或者其他任何陶器，借助人力和时代优势，有无数的精品陶器，但备前烧的特征，说一千道一万，还是它绝无仅有的陶土本身。

土有变化，有味道。备前烧因为火和土之间微妙的相互作用，带来无懈可击的美。

质朴浑厚的颜色，仅凭工艺手法，是绝对不可能做出来的。最重要的应该是陶器作家的艺术才能。

备前烧的制作被看作是成熟期才能做的工作，心中的艺术

---

1 埴轮：日本绳文、弥生等远古时代的一种土制品。多见于古墓，为仪式用。

感觉，才是产生精品之美的源泉。

现在的陶艺作家们完全失去了这种艺术感觉。除了两三个人以外，他们不可能有什么正确的陶器思考等。他们只能是一群狗屁不通的人，每天无聊度日，等待醉生梦死。

（1953 年）

说说濑户黑

要是我做茶碗，那就做濑户黑。标准就是最近看到的茶碗中的这个黑茶碗。这个黑茶碗有一股坚忍不拔的力感和令人惊叹的美感。能表现这种力感和美感的陶工在濑户赤津[1]有无数，那么这个村落的人们今后还会生产出什么给我们看呢？其实他们已经在纯白的茶碗上画出线条单纯豪放的图案，做出了前无古人的茶碗。这些茶碗既不是模仿朝鲜的，也不是学习中国的发明。我一直认为应该这样，而现在日本陶瓷业界终于迎来了黎明。

日本过去生产的陶瓷器，虽然没有白色的，但强劲有力、优美无限的陶瓷器却有无数。首先无釉陶就能看到许多妙不可言的立体美。

古备前烧等反映出来的那种力度和美感，令人不能不由衷

1　濑户赤津：位于爱知县濑户市东部。该地区产陶器被称作赤津烧。

感叹，确实是好。是一种既可说恬静，又可说古雅的代表性美品。当时竟有如此高水平的制陶工匠！只有美丽的日本，才能产出美丽的东西。虽说此理当然，但在美丽的东西面前，其实不需要理由，只能首肯赞赏。可惜现在已经做不出来了。随着时代变化，人都变了，就像随着年龄的增加人也会变虚弱一样。软弱无力的美，很难引起共鸣。

濑户黑强固的黑厚釉，做起来需要下很大的功夫，要做到这种程度很不容易，我今后制作的茶碗也会从中受启发。我很感谢。我要双手合掌，向濑户黑的制作者表示感谢。

仔细想想，难道不能看出织田信长的气质吗？时代这个东西很奇妙，不用谁教，自己就会产生应该产生的特征。高丽青瓷就不会在李朝时代出现，只有到了高丽时代，莫名其妙地就出现了无数那么奇妙的技术。信长之后就是太阁大人的时代，出现的都是相应的那种文雅大方气质的东西。时代才是精品之母。信长、秀吉、黑茶碗，给人的感觉真是如出一辙，因为他们都出现在同一个时代。

（1953 年）

关于织部这种陶器

根据我独自的结论，织部烧这种陶器，并不是始于古田织部[1]这个茶人的创意和发明。

在古田织部以前，叫作织部烧的陶器就已经出现。当然当时还没有织部烧这个名称，叫的是另一个名字。现在人们称作织部烧的这种陶器，是因为利休时期有名的古田织部这个茶人异常喜欢，所以才有了织部烧这个名称。

织部烧这种陶器，是一种绘有质朴图案，表面各处还挂有萌黄色釉的纯日本风格的陶器。不论中国还是朝鲜都从未见过。古田织部就是特别喜欢这点，所以才不遗余力地宣传。

一般人都说织部烧的图案是先让小孩画，然后把小孩画的那些幼稚的图案描到陶器上烧制而成的。也许有一部分是这

1　古田织部：本名古田重然，战国时代到江户初期的武将和大名。喜好茶道和茶器制作等。"织部"源于官位，以茶人古田织部广为人知。

样的。但我们看初期的织部烧，所谓织部烧的图案，千变万化，都非常拿得出手，同时也可以看作非常了不起的绘画。所以不可能是小孩随便画的，倒是写生画很多。有一个织部烧上画着一

织部壶

张网，有鸟在上边飞。这正是出产这个陶器的美浓山间张网捕获鸬鹚的场面的写生。另外，草花的写生最多。其他的还有许多对眼见的东西随便写生的，同时还有一半都是异想天开的图案，都充分发挥了织部烧的特色。打眼一看就能看出，与德川末期[1]生产的织部烧图案等，很多方面气质完全不一样。陶土的功夫也是这样。

初期的织部烧精品非常多，不像德川末期，生产的织部烧都是粗制滥造的劣质品。织部烧的特色是陶土坯胎精致，图案精美。图案不是直接写生，而是图案化了的，多用省略的图案，

---

1 德川末期：德川统治末期，亦即江户时代后期。

表面施有草色的胆矾绿釉，然后就成了日本味道纯粹浓厚的、异彩纷呈的、全世界任何地方都没有的……因为这些状况，织部烧才赏心悦目。

但是，德川末期模仿织部烧的人，因为对织部烧有误解，所以做了许多很粗劣乏味的所谓织部烧。而所谓的鉴赏家们可能也由此产生误解，认为织部烧就是那种粗糙乏味的廉价陶器。

现在的一部分鉴赏家就是这样误解了织部烧。本来织部的织部烧，远在足利时代[1]到织丰时代[2]就已经出现，真正的织部烧精致、浑厚，并且温润、非常富有韵味，应该将其看作是一种把绘唐津烧[3]的色彩更加美化了的陶器。其实你就看作是一种美化了的绘唐津烧就行了。绘唐津烧的长处是太过素雅，一般初学者不容易懂，而织部烧图案种类非常多，青釉和白釉的发光也很漂亮，所以对于初学者来说容易理解。

这种陶器从来都知道是濑户生产的，但窑址一直没有发现。一年前（1930）才终于发现。从那个窑址发现了很多碎片。因此我们能看到初期织部烧的所有作品。里边有非常多我们迄今为止没有看到过的东西。

（1931 年）

1　足利时代：指室町幕府时代，指从 1336 年足利尊氏在京都建立的武家政权到 1573 年第 15 代将军足利义昭被织田信长逐出京都这段时期。

2　织丰时代：指从织田信长称雄到丰臣秀吉政权灭亡的时代。

3　绘唐津烧：唐津烧之一。庆长年间（1596—1615）以后肥前（今佐贺县和长崎县一带）各地烧制。特点是在铁砂釉描画的图案上再施釉然后烧制而成。

志野烧的价值

　　古伊贺烧、古志野烧堪称第一权威，原因在于它们是日本孕育的，具有纯粹日本风格的陶瓷器。这些陶瓷器的真正价值，远在三四百年前就已经被当时的有识之士重视，其价值到今天只会更大，丝毫没有减少。也就是说既没有看错，也没有误解，保证是陶器中的名品。其价格也超过中国有名的万历五彩瓷、祥瑞青瓷、古青花瓷等。既不需要某些政客的站台，也不需要鄙人在这里喋喋不休唠叨什么志野烧考据之类的。

　　但是，话说到这个份上就没意思了。为了让以伊贺为故乡的人对伊贺产生自豪，所以还是请允许鄙人借发现志野烧窑址这个机会，把鄙人对于志野烧的一点看法简单介绍一下。

　　志野烧整体的价值正像上边说的那样，自古就有定评，其不凡的地方受到万人首肯，我这里只把我们制陶人心服口服的地方，找出一二点说一说。因为说不定也可以作为希望成为制

71

志野芦绘圆钵

陶作家的年轻人的参考。发现志野烧窑址无疑是一件很稀罕的事件，但也不是一件多么了不起的事情。一直以为志野烧窑址在尾张、濑户，可是却在美浓！这么说来至今在濑户窑址没有发现过志野烧，这下结论出来了，也没啥说的了。但是从制作家的角度看，在研究如何制陶上，却有着极为有益的意义，绝对不能等闲视之。

首先在出土的志野烧陶片中，有欠烧的、烧过度的、高质量的、低质量的，胎泥有赤土、白土，图案有从未见过的图案，有红的也有黑的，还有各种中空描绘的图案，造型有捏塑成型的、辘轳车转盘拉坯成型的，用途有茶器类、杂用类等。而意外中的意外是，与其他陶器同时发掘出来的竟然是黑濑户大茶碗，也就是浓茶用的黑濑户茶碗！由此可以证明，黑濑户应该就是当时该窑的作品。

越说越远了。本来不是要说发掘情况，是要说志野烧的艺术成就的。总之，志野烧实在是了不起的陶器，这是一个了不起的话题。即使说某个作品有意思，但也就是那个程度的，后来人做的那些低级的油碟和鲱鱼盘之类的并非我们研究的艺术问题。我们重点研究的是有价值的志野烧。

好的志野烧，其艺术价值即使与足利时期前后的绘画雕刻相比，也一点都不逊色。再进一步说，因为没有绘画雕刻那些传统的条条框框束缚，这些志野烧更能令我们在轻松愉快的心情下欣赏。志野烧与朝鲜茶碗等相比，不仅不逊色，而且还有更大的特色。我们看志野烧茶碗，不得不点头赞叹真是走在光悦的前边了。想到志野烧出现在光悦以前，志野烧在光悦以前就已经被世人所追捧，那么光悦的出现也就很自然了。

看志野烧茶碗时，好多人的脑子里都会联想起光悦的那些粗狂的茶碗，志野烧茶碗就是如此像光悦茶碗。不对，甚至应该说超过光悦。而且不光是志野烧茶碗。与志野烧一起发掘出来的同时代、同窑的，还有我们看的黑濑户茶碗。正如大家传说的那样，后来的黑乐茶碗当初受到黑濑户茶碗的影响，是作为轻便烧[1]黑茶碗制作的，打眼一看好像是黑乐茶碗，但仔细观察其作品完成度，就能发现即使长次郎、道入最终也达不到那种轩昂的气宇。这种黑濑户茶碗具有一种谁都能看出来的凛然气势。

这种黑濑户茶碗和志野烧茶碗是同时代、同一窑烧制的，

1　轻便烧：相当于乐烧。泥胎成型和烧制都比较随意的陶器。

本来所保有的美感和气势与志野烧茶碗不分伯仲，但因为志野烧白色胎体下底足和缩釉处露出赤色窑红，风情万种，朴素娴雅的暗红色手绘图案具有诱人魅力，令所有人倾倒，所以当时就非常有名，驰名各地。而且黑濑户刚出现的时候虽然有着不凡的特点，但后来被轻便烧黑乐茶碗抢了风头，似乎被压下不见了。也正因此，志野没有出现轻便烧，所以能幸运地保持志野烧的特色，长期受到人们的喜爱。

我觉得志野烧不需要细分什么上等下等的。只要是志野烧，就是上等的好陶器，就是少有的纯日本的陶器，就是应该珍重的陶器，就是应该尊敬的陶器——只要简单地这样想就足够了。不论你费多少口舌解释，也只有懂的人才懂，所以跟只能用属于什么种类、什么系统等考证方式来理解和鉴赏陶器之美的人是没有什么好说的。说也白说，不说最好。

因为多少对于鉴赏还是有些影响的，所以我们只是对制作年代做一定的鉴定，除此之外，我们只是观赏和把玩，只要能对该作品所特有的美感产生陶醉就感到兴奋。前面也说了，志野烧之美，并不是我们发现的，古人早已教给我们，而且早已摆在我们面前了。我们只不过是接受了古人的教示而已。

最近有一部分人因为自己发现了低俗杂货的民艺之美而到处鼓吹宣扬，这种特殊的自傲是不可取的。但对于制陶研究来说，我们也绝不能把这些仅仅作为自己才能享受的利益而藏之高阁。况且作为鉴定资料（因为志野烧自古以来极难鉴定），

这无疑将使将来的很多鉴定家因此能有明确标准。在这点上，可以说这是一次极为有益的发现。（本文未完）

（1930年）

乾山的陶器

　　一提到乾山，一般人马上就会想起乾山的陶器，而能想到乾山是个绘画天才的，大部分都是这一路的专家之类，至于知道乾山善书，称赞乾山书法的人，则是专家中的专家。

　　乾山是光琳的胞弟这个事实，给不知道乾山多么了不起的人带来某种安心。

　　确实光琳比乾山有名。不仅如此，光琳的艺术价值无疑也确实比乾山高许多。总之乾山的存在感与光琳相比，实在是低不少。

　　喜欢在食器上绘画的乾山与画挂轴的光琳相比，出发点就低了许多。但是，到了今天，不知从何时起乾山受到专家的承认，被认为在艺术上不输胞兄光琳。但即使如此，一般人还是对光琳更熟悉，觉得光琳了不起。

　　我们看赖山阳的字和其胞弟赖三树的字时，从技法上总是觉得山阳更胜一筹，但若从表现人情味这方面来看，却总是觉得三树值得尊敬。乾山也可以这样说。就是说在具有行家的技法这点上来看，

乾山作　山水绘方盘

胞兄光琳可以说是巨匠。但光琳就是一个画画的，在作品上给人明说画画就是我的营生，他的作品在具有非凡意境的同时，也充满了匠气（当然并不是低劣的匠气）。而乾山不论是画画还是写字，都没有行家的感觉，他从未失去稚拙的外行气质。就是说既像外行，又像内行，既是内行，又是外行，这才是乾山的特征。

正因此，富有人情味、远离匠气、自画自乐的作品很多。光琳没有恶作剧，也没有作怪，但乾山却任意发挥，也搞怪，也恶作剧，所以作品飘逸潇洒。

光琳与宗达有一定距离，而乾山却与宗达关系紧密。宗达和乾山在光艳中保有相当的静寂，而光琳一味追求的是华丽。我个人的感受是，乾山大概是一个懒散的男人，做事仅凭心血来潮。而这正是他的作品比光琳富有艺术性的缘由所在。

宗达和光琳都留下了大量的作品和许多杰作、力作，令人感到两人都是相当精力旺盛的创作家。但乾山却不同。

乾山作为陶器作者很有名，但其实好像并没有像一般陶艺师那样自己动手捣鼓泥土。我个人的结论是，不太赞成把乾山当作一个陶人看。因为虽然他的作陶，要么是自己想造型，要么是自己在坯胎上绘画写字，做出从来未有的陶器，号称乾山之前无乾山。但存在一个矛盾，陶器制作最重要的泥土活，也就是坯胎成型，他却是委托无名陶工做的。

有人说木米做的陶器都是一个叫作久太的陶工助手做的，但就我的观察，绝对不是那样的。久太仅仅就是一个助手，而绝对不是木米的替身。

木米的作品不论绘画还是陶器，都能看出木米一贯的特点。乾山的陶器作品中虽然还是遗留下来极少数自己做的，但迄今为止我看到的大部分作品，基本上都没有乾山的灵魂，只不过是画有乾山图案的陶器而已。就是说，所谓乾山的陶器作品基本上都不是乾山自己从零开始做的，都是乾山手下的匠人做的。退一步说，乾山的陶器作品至多可以说是乾山与陶工的合作成果。因此，乾山的陶器作品除了陶器表面的乾山的绘画以外，看剩下的泥胎时，即使不具鉴赏慧眼，也很容易就能发现那不过是一个没有任何魅力的死尸般的器物，看后茫然自失。

但是，没有任何魅力的乾山陶器泥胎，只要乾山在上边挥毫几下，马上就会呈现出惊人美观，即使一个随便的陶土器物，也立马就成了著名的乾山陶器。

每次看乾山陶器的时候，我都不由地想，要是乾山自己也能动手捣鼓一下泥土……他缺乏做这些事情的精力。乾山的陶器正如人们所知，遗留下来最多的就是乐烧方深盘等。

无疑这是为了他绘画方便而制作的。扁平的长方形深盘、扁平的五寸到八寸左右的方盘等占到乾山陶器作品的大多数，无疑是他想在上边画自己擅长的写意画和书写题跋。

乾山有名的立田川[1]深盘、棣棠深盘等，在他的作品中属于例外的变种，也是他的力作，并且是名作。现在被世人特别珍重，自有道理。

看到这种事例，我常常感叹，世人还是很懂陶器价值的。

像立田川和棣棠这样整体造型和精良制作不用说，沿着泥胎边沿的绘图，用刮刀削出山道一样的起伏造型，或者在图案纹饰的空隙处穿孔等，这些技术活鲜有的是都是乾山自己动手做的。他动手做的这些，产生了惊人的魅力，使得本来就很有味道的乾山名画，更加魅力四射，使人们产生不可抗拒的感动。

仁清的陶器在绘画图案细腻方面断然显露头角，但乾山在

---

1 立田川：又名龙田川（日语立、龙同音），本为奈良县北部河流，古时以红叶有名。因《古今集》中有咏此处红叶的和歌，后称流水红叶图为立田川。

简笔写意，三下两下确切表现出富有美感图案方面，可以说是发挥了空前绝后的能力。

乾山做的白茶花图案小碗，也在乾山特有的简单而确切的写意画基础上，表现了乾山拿手的优美色调，彻底追求写意简笔，收到了事半功倍的效果。这一点我们也不能忽视。所以虽然有人诟病这件作品坯体如何如何，但这既不全是陶工做的，也不全是乾山做的。坯体大致是让陶工做，而碗沿那道"山道"[1]，用刮板削出的大小不同的半圆形起伏，我认为是乾山自己用刮板削出来的。

乾山陶器的坯体一般来说一看就能看出来大致都是陶工所做。再说细一点，通过看碗底俗称高足的部分，都是普通工匠作品常见的那种平凡、无味、无深度，就是说通过看这种无声的部分就能看出来。这么说来乾山的懒散不动手真是罪过。

乾山应该当画家。胞兄光琳是画家，也许他自己有意回避，并不仅是因为不可能像宗达和光琳那样花鸟、山水、人物什么都能画。

关于这一点，我想为乾山辩解一句：

"乾山就像孔子所说的'游于艺'[2]，所以他没有世俗的欲望。"

光琳在被世人热捧的时候，显然是作为一个有名的画家在

1　指碗沿线条如山一般有起伏。

2　见《论语·述而》。原文"志于道，据于德，依于仁，游于艺。"

创作作品。不知不觉之间，他就变成了一个职业画家，给自己的天分上也增添了努力成分。

而乾山最终还是没有打心底产生职业意识。他是一个彻底的业余玩家。他从来没有想要成为被世人承认的了不起的人。所以不论绘画还是书法，都没有职业人的那种匠气。这才是乾山的价值所在。在高雅精湛的光琳作品中看不出来的那种味道，正是他没有染上工匠气质的个性使然。

说来说去，我还是觉得乾山既然在制陶这行当里做事，却不自己动手捏把泥土，实在可惜。

（1933 年）

艺美革新

　　我们希望今后的工艺制陶界，首先是要尽最大可能以相应的高级素养为基础，孕育自由思想，努力培养出真正的自由人和思想家，使其作为一个制陶人，能不受束缚地在做陶一事上自由地展翅飞翔。美好的时代已经来到眼前。我认为这个时候，急需在这个行业掀起一场革新运动。

　　我国现在比较好的陶瓷器，一般都是个什么状况？我虽然是一个十年没敢吭声，一直在行业外边细心关注的人，但到了现在不得不说这个行当的光景到底是个什么样的时候，却感到前所未有的遗憾。因为我不得不报告的都是令人悲叹的现实。今天在我批判现代陶器价值之时，本来虽然也感到自己有责任介绍显而易见的破毁现状，以期引起各位方家的注意。但说实话，现在被称作制陶作家的大部分人一直在创作的作品的价值，从前一阵子在上野举办的综合美术展的展品就能看出，一个人一个人的作品实在是令人不可思议地完全丧失了作品绝对应有的自由，简直已经到了虚脱状态。创作意志不具有丝毫自由的作者创作的没有个性的作品，完全与死物无异，观客当然不能从那些作品中感到任何魅力。无聊制作家的美梦也归于黄粱，肤浅的功夫，只不过是低调令趣味低级的人的眼光在好和不好之间犹豫恍惚而已。结果只能是劳而无获，浪费时间。

本来创作者的立场，就是在直面自己的工作时，保持彻头彻尾、决不妥协的自由。被陈规陋习束缚，失去创作的自由的话，就没有创意创作。如果从过去的桎梏中一步都不能走出来，那当然不可能获得新知识。觉得如是则什么都不用学的人所理解的自由，其实指的是荒唐无稽，并不是真正的自由。不用说，只要你想当一个制陶作家，那么就必须尽可能提高自己的素养。品尝从自由的创意创作中获得的满足才是作家的生命。自由的精灵不允许装模作样。因为装模作样总是伴随着虚妄和脆弱，因为勉强而为本来就是建立在谎言之上的。至于无知而为，则与当年军队的做法如出一辙，劳而无功。

人一辈子总会碰到走投无路、一筹莫展的时候，有人遇到的困难大，有人遇到的困难小，但是被什么所局限的人生，无疑也是一种陋习。被错误的既成观念束缚的话就不可能前进。不被束缚的生活，不能阻止前进的生活，自由的、不受拘束的生活，制陶作家不领会这些不行。作家的动脉硬化作为一个明摆的事实，今日的许多陶器作品清清楚楚地表现得一览无余。

总之，我希望今后出现丰富的作品。丰富的作品产于丰富的时代和丰富的人心。强劲的作品，高品位的作品，只能出于超凡脱俗、坚韧不拔的人之手。缺乏调和之美的作品，说明制作家的教养有所欠缺。无知的努力，是不知畏惧的行为。知晓美的世界而来的喜悦，是领悟天理，而领悟天理则是人力中最为困难的事情之一。但是，能直率看清是非曲直的人格者，任何时候都是知晓天理的。每次以虔诚的态度观察变化很大的古美术时，都会加深这个看法。

日本过去的美术品，特别是桃山时代以前，年代越久远，越质朴，越富有魅力，无不给观客以心灵震撼。不管你看什么，都美观大方。反过来看现在的美术界，无不小里小气，甚至显露出某种丑陋的嘴脸。我们看到的日本古美术在号称先进文化的世界美术面前也完全拿得出手，不需要躲躲藏藏，可以大摇大摆展示给人观赏。现今的作家，如果想在强大的美的世界占有一席之地，无论如何都应该倾心关注桃山时期以前每一件古美术作品的生命。然后肯定会惊讶：竟有那么多应该知道的东西。

话虽这么说，百尺竿头更进一步，无论如何，绝对不能松懈对大自然天然美的学习。天无假象，我们今天更是如此感觉，如果能把这点铭刻于心，就有了看到美神显现的慧眼。只有这样，才可说有为美而生、为美而活的意义。

一定要摈弃世俗的观点、世俗的想法，保持孤独的创作心态。除了挣脱卑怯的世俗束缚以外，没有其他方法。那些借振兴贸易之名，制造品质粗劣的假货，或者为出口海外而制作的莫名其妙、近乎怪物的劣质品，做出来都仅是为了追求自己那点可怜的蝇头小利，到了这一步的话，我们日本人的见识也是堕落到了不可救药的地步了，真是令人惋惜。日本陶瓷业界精神无能、丢人现眼，真是不胜惭愧。而把如此丑陋的劣质品带到海外去的人，也是很不光荣的。自古以来，日本有日本固有的美。典雅、柔美、稚拙、精美等日本固有的美，不是犹如中国和朝鲜那样，仅有知性的血统。陶器作家们如今变得低三下四，一点都看不出我们日本民族祖先出色的光彩。而且历史的现实就在我们生命中闪光。只要你还是日本人，就不能不知道这些。日本人应该自己熟知并铭记过去创造的美术制品，应该把这种日本的美向海外推广和展示。只有这样，日本今后的工艺美术水平才能提高，毫不忸怩，以堂堂正正的派头示人，大步跨进世界大道，获得美丽日本的确凿荣誉。而且为向其他国家推广日本之美做贡献，也绝不是一件小事情。不用说，这也能为重建我们日本发挥非凡的作用。至此重要关头，现在的陶器作家们的责任，首先应该明确如何思考问题、认清问题在何处，趁此机会，从根本上纠正陋习。适合重新站立起来的秋天已经来临。我敢断言，奋然睁开双眼挺身而立的机会就在眼前。大家觉得现在是一个绝好的发展机会，我相信你们没错。许多作家精神焕然一新，心境发生变化，萌生出作为一个陶器作家的人生意义。你一定会发现所有的想法都会有一大改革，所有风格都会发生大变革。于是，作家一定能感受到生活的伟大，无上的喜悦肯定能令作家激动不已。

如上所述，仅仅制陶革新这一个问题，试着屈指一算，就有这么多问题，一个接一个的课题摆在了我们的面前。大家都明白我们必须踊跃奋起，必须努力奋斗！

（1948年，在"鲁山人工艺处公司"成立大会上的讲话）

关于陶瓷器鉴赏

　　说一个大正八、九年前后的旧话。我直接问过当时的入泽医学博士[1]，事情大致是这样的：博士有次偶然与大河内正敏理学博士同乘东海道往西下行的火车，他觉得这是个好机会，就问大河内博士："能否麻烦您在咱们同乘的这一两个小时里，就如何鉴赏陶瓷器简单讲讲，让我这个外行也能懂。"他问的是自己一直想知道的事，可是没想到大河内博士却回答说："这不容易吧？再简单地说，一两个小时也是说不清的。要想详细说，起码得一年两年。"

　　坐在车上的一两个小时是不够的……

　　大概就是这样回答的。

　　那个时候我对陶瓷器美术品还一点知识都没有，觉得陶

1　入泽：指入泽达吉（1865—1938），医学博士、内科医生。东京帝国大学（现东京大学）教授。历任东大附属医院院长、医学部部长、宫内省侍医等。为在日本确立内科做出贡献。

瓷器的事情果真那么难懂吗？但是要是现在的我，对于那个问题，我觉得大概能按入泽博士的希望在一两个小时内说个大概。

我觉得当时入泽博士想问的事情与大河内博士想说的内容之间有着很大的距离。入泽博士想问的大概是，一个没有任何陶瓷知识的人，如何才能简单地掌握鉴赏名器的诀窍这一点，对此，大河内博士因为对陶瓷器有着渊博的知识，他想从陶瓷器的A、B、C开始说起，然后再进入对各年代、各作者等的研究，然后才能进行鉴赏等。

那么渊博的知识，像百科辞典一样，要在那么短的时间内说完当然是不行的，说一年两年讲不完也是当然。而在大河内博士看来，一个不知天高地厚的傻帽外行，竟想利用这么短的时间匆匆忙忙来问我陶瓷器的事情……也许还有点故弄玄虚的意思吧。

我刚才说了，要是现在的我，一两个小时大概就能说清楚，就是不用这位理学博士那样的鉴赏有名陶瓷器的方法，而是开始就把庆长时期的作品放到制作年代的中心：庆长以前的为好的，庆长以后的就是没有价值的。重点在于区别艺术鉴赏品和没有鉴赏价值的日常生活用品，让对方首先大致明白陶瓷器分日常用品和美术鉴赏两种，然后逐渐尝试讲有关陶瓷器艺术性的事情。

如果想用研究的目光看全部陶瓷器，那么就必须详细探究该陶瓷器制作的地方、陶土的性质、如何烧制、窑、釉、彩图的样式、制作人，还有创作的年代等，但是如果仅仅是把陶瓷器当作用陶土做成的工艺美术品来

福字盘

看，我们只关心它所具有的艺术价值、美术价值，以看一幅名画、一幅名帖那样的心态去鉴赏的话，那就很简单，谁都可以理解并说明。比如我们鉴赏一幅画或一幅帖时，如果我们对该字画所用的颜料和水墨的性质、所使用的纸张或丝绢等材料，以及画法写法等感兴趣，被这些细节打搅耽误，影响了最重要的对该字画的艺术生命的鉴赏，那么虽然最后也许也能看出该作品的艺术价值，但却要多花许多时间。

若要问鉴赏陶瓷器的美术价值、艺术价值的捷径到底在哪儿，那就是首先把制作年代的中心定位于庆长年代。

关于陶瓷器，应该知道有庆长以前思想上超凡脱俗的艺术陶瓷器和庆长以后艺术价值寒碜的陶瓷器这两种。

作为面向大众的日常生活用品，德川中期以后出现的陶瓷

器往往都只不过是充满低级趣味的大量生产品，而上边说过的那些富有艺术价值、令世人刮目相看的基本上都是庆长以前的作品，数量很少，但能触动具有高度审美意识人士的心灵，也就是说，其中大部分都是能显示出高度思想个性的作品。明确区别这两者非常重要。

事实上，如果你接触到一件好的陶瓷器，就会被它的美所打动，就像看到名山大川，看到苍松翠柏，看到青竹红梅那样，而那件陶瓷器到底是用什么陶土做的，到底是用什么手法做的等，不会首先浮现到脑海里来。这与看一幅感人的绘画作品或者一座有名的建筑没有任何区别。然后可能才关心那些枝枝叶叶的部分……

因此，虽然似乎只是感受陶瓷器的美，但也是如上边说的那样，这也是对生命力的感受。为此，首先得提高自己的素养水平，培养自己的美术鉴赏眼力。

那么，要提高自己的美术鉴赏眼力到底怎么做才好？

除了从眼前的自然美和高尚的人工美上学习以外，别无他法。自然美总在眼前，只要不懈观察，就能自由学习探究，非常方便；而人工美却需要眼力和财力两者兼备才能做到，不太方便。

综上所述，所有的艺术追根溯源，都是来自感受自然，除此以外没有其他路可走。人工做的任何艺术作品，说到底无论如何是比不上天地间的自然美的。而其中的陶瓷器等因为日常使用、珍爱，或者赏玩、无意识地产生好感，自然就成为鉴赏的对象，拿到手上观赏、抚摸，赞赏釉的变化，从而感到喜悦；但要说到自然美，总是存在于任何地方，存在于你的眼前，你可以随时观赏，但是恰好就如人几乎都不会感受到空气和阳光的可贵一样，一般人也都不太关注自然之美。

就拿树叶的颜色、牡丹的花朵来说，都是了不起的自然造化，但因为不是人做的，是自然生长的，就不能像名画那样刺激人的感官并且受人珍重。而且因为任何时候都能自由并且免费观赏，所以人们对自然的美就不可能产生像看到名画、名陶瓷器时的感动。但是，就像那些有好条件感受自然美的大美术家一样，鉴赏力高、相信自己直感的练达之士，无不仔细观察大自然，或绘成图画，或表现到陶瓷器上，最后都取得成功。虽然人工美无论如何都比不上自然美，但作为我们同类的人做的东西，因为日常使用，本就容易产生亲近感情，再加上说起来有点难为情的是，还有商品价值这个魅力存在，所以好的绘画和美的陶瓷器总是受到珍重，而像我已经说过几次的那样，大自然本身的美反倒被我们忽视。比如秋日七草之一黄背草等，在大自然中也算是格调很高的美，但事实是现在一般人很少这么认为。

所以说，要提高自己的美术眼力，就应该首先接近自然，观察自然，投身自然之美，涵养鉴赏欲望之源，养成不被扭曲的直观眼力，或者边自己制作，边逐步开始鉴赏庆长以前的

宋彩绘小盘

美术作品，这才是最为理想的方法。但是，要做到这一点，没有相当热情也是不可能的。

另外，说了几遍了，在养成美术鉴赏眼力这件事上，有一点必须思考的是，美这种东西，越是高尚越是难懂。万事都是如此，要理解这些高尚的东西，要么是有天生的能力，要么是通过不懈的努力，或者是经过凡人不能想象的严格训练。

以上，简单地介绍了一下鉴赏陶瓷器的方法。总之就是说，要区别陶瓷器有在艺术上没有价值的和像名画那样有着惊人艺术性的两种。一种仅仅就是日常使用的器皿，一种是精神食粮，是鉴赏、赏玩的对象。需要有区别和分辨这两种陶瓷器的精神准备。

下面应主持者的要求，就我自己开始制作陶瓷器的缘起，简单介绍一下过去的事。本来料理和食器是不可分的，食器作为料理的衣服，是绝对不可或缺的。而越是好的料理，越需要好的食器，比如古青花瓷、古彩瓷、唐津烧、备前烧等正宗陶瓷器，而日常使用的那些陶瓷器是完全不配的。我主持美食俱乐部的那阵子，专门订制了自己用的食器，但是没有自己满意的。想想也是当然，制作陶瓷器的工匠，完全不懂做美食是怎么回事，而一般做料理的人，实际上大部分也不太懂食器，这两者完全乖离。所以为了给自己喜欢的料理配合适的食器，我知道除了自己制作食器以外没有其他方法，所以只好自己开始制作陶瓷器。当初自己只是在陶瓷器上画图案，在别人做的坯体上画画图案，而关键的坯体却是不上心的陶匠做的，所以总觉得坯体和图案不太般配。没办法，我最后只好自己开始做。就是在辘轳转盘拉坯成型、画装饰图案、施釉等，全部自己做。

一般来说，做陶瓷器的人要么是出生在世代制作陶瓷器的人家，要么是工艺学校出身等，他们制作表现当下流行的各种陶瓷器。而我是为了自己的美食，没有办法才开始制作陶瓷器，大概也正因此，至今也没有制作食器以外的陶瓷器的意思。如果是做贩卖用的陶瓷器，比如制作摆在客厅的香炉等上等的陶瓷器，价格高，也好卖，但是我对这些一点兴趣都没有。我只喜欢食器，只对做食器感兴趣。所以我相信我的作品，你只要会摆盘，就一定能给你的食物增光。

为了自己制作陶瓷器，当初的计划就是去两回朝鲜，然后历游国内以濑户、唐津为首的各地古窑，发掘各种古陶，结果偶然发现了志野烧、织部烧等的古窑，因此成功发掘了许多古窑，获得了许多参考品，这对我的作品产生了很大的影响。那些陶瓷片现在都作为珍贵的研究材料，给我制陶带来极大的帮助。

就这样，这近二十年，正如习字需要字帖一样，我收集了古今东西许多参考品。我以这些参考品为模本不断制作、模仿，真是小心翼翼，专心致志努力做到一模一样。就像这样，总算学会了正宗的真髓，现在通过这二十年的学习，愚笨如我，也有了自己的体会，感觉终于可以根据自己的感受，发挥自己的个性，慢慢做出属于自己的陶瓷器来了。不用说，到了这一地步，终于可以加上自己的变化了。

但是，因为我没有挂招牌，在世人看来，无论我怎么做，都是外行，不被承认。虽然从少年时代开始喜欢美食，但在那个行当还是被看作一个外行不被承认。有客人来，需要招待客人的时候，要是叫来专门的料理人帮忙，料理人做那些低级的料理时，女佣会特别专心看，想偷学，而我做的料理，她们觉得那不过就是一个外行主人做的料理，基本不关心。其实这也挺有意思。我可能就要这样，一辈子都被人当作外行走完自己的人生。无业外行不容易啊！

（1949 年）

料理与食器

使用中国料理食器盛放的日本料理

盛放日本料理使用的比较好的陶瓷食器，大部分都是中国产的。就拿我们特别的怀石料理所珍重的那些食器来说吧，各种青花瓷、各种青瓷、吴须彩绘、金襕手等，无不都是作为中国食器出现的。三四百年以来，能把这些中国的陶瓷器和日本料理完美搭配，倒也算是一种了不起的才能。由此也能看出当时人们的鉴赏能力，而所谓的古舶来品，至今还被当作食器的最高权威，受到珍重。

但是在中国本土，古老精良的陶瓷器基本上被扫得一干二净。造成原产地这种空虚的原因，是几百年前日本人把上等的都收走了，后来又被欧美人搜刮了一遍。但是看看现在外国收藏者出版的图录，发现日本人喜欢的精品似乎并不多。大概都是日本人当年搜罗过后剩下的破烂吧。

如此，陶瓷原产地的中国好东西早已没有了，可是我们日本却至今还使用着中国的精品，而且其用途发达到不可动摇的地步，对此连我这样的人都深感佩服。

好的料理应有好的食器，
好的食器需要好的料理。

所以说就出现了给好的料理选择好的食器的需要。比如说我现在这里做了一种上好的料理，但是如果盛放料理的食器是粗俗不堪的碗碟，那怎么可能衬托出料理的价值？

相反，我们假设有一件有名的小深碟，但要是盛上无形无色很难吃的料理，那这件名器的价值也就扫地了。就是说只有料理的美和食器的美两全了，才会有最高级的美食。

能充分感觉食物美味的人，请一定要培养食器的鉴赏能力，只有这样你才能称得上是一个完美无缺的美食家。

充分鉴别的食器配上制作用心的真实的料理，有一股认真的味道。认真精到的料理有一种艺术的生命。如此才能和具有艺术性的食器一起获得调和之美。

一盘好的料理，需要精心装盘，色彩清鲜、刀工精致，和精美的食器相映成趣，没有这各方面的审美意识是不行的。

另外，还需要对品尝美味的地方，也就是对建筑也要有审美能力。

还应该有对林泉幽趣，或者山水秘境的审美能力。

只要具有上述某一个方面的审美能力，那肯定就能鉴赏其他方面。

　　包含上述三个审美能力、综合而立的是茶道。茶道也就是美食的终极形式，是美食的完成形式。

（1930 年）

闲谈古陶瓷器

宋彩陶罐

刻印

高　七寸六分

直径　五寸七分

口径　二寸九分

这件彩陶罐款识为"太平十年五月十六日造"。"太平"是辽国的年号，太平十年是宋仁宗天圣八年（公历1030年），天下刚被宋太祖统一没过多久，而且正是宋朝文物即将走向兴盛的关头。

不过有一种说法是说题写朱铭[1]的宋彩瓷赝品很多，所以这件彩陶罐说不定也有问题，然而我算是用比较怀疑的目光仔细观察了，眼前的这件作品看不出任何应该怀疑的地方。

1　朱铭：日本以前的鉴定家给没有铭刻的陶瓷器等用朱笔题写的作者名等铭文。

本来有关美术作品的真假，只要直视该作品的内容及外形，看有无一种纯朴性和一丝创造力，就能大致做出判断，然后摆出各种条件，才能最终决定该作品的真假。这样的时候最重要的，不用说就看你的直感到底能发挥到什么地步。当然本来我的直感也是很靠不住的，所以我的看法也许不能得到各路方家的认可。但如果一定要让我来判定，我不得不承认作为一件宋朝的彩瓷作品，此作制作精良。

如果这是一件仿制品，那么在作品上显露出某些小聪明也是很可能的。

但是这件作品表现出来的那种并不轻率的奢华，作为大时代的一种文化意识的结晶，令人能完全感受到那个时代的脉搏，而丝毫看不出任何令人不快的可疑之处。

中国的陶瓷器到了宋代，整体摆脱了缺乏雅兴、土里土气的特点，一举获得了特别高超的艺术性。

不用说，这还是一件陶器，窑火的温度也很低，因此质地还比较软。而且因为长期在地中埋藏的缘故，罐表面的釉料等大部分呈现粉状，有风化症状，风化处有泥土渗入。

彩绘是所谓的釉上彩。红、黄、青、蓝，四种颜色相混合，古代的内容也令人喜爱，而彩绘的形式，是以彩绘的渐进独立为前提，发展到所谓的"分割"，作为确定陶瓷彩绘发展顺序的资料，也应该加以关注。

而且把这个罐在盖着盖的情况下，以提纽为中心向下俯

宋彩陶罐

瞰时，能发现以提纽为中心圆圈分层逐渐扩大到罐肩。特别是在圆圈和圆圈之间，有许多旋涡装饰线条，在旋涡装饰之间画的纹饰强调了一种感情，这些地方无不表现了宋代开放的文化意识。

另外，陶罐整体形状既不过于收紧，也不过于肥大，胖瘦适中，而且从腰往下自然收缩，确是一件千里挑一的精品，显示出宋窑熟练陶工可望而不可即的精湛技法。

在本来就极少有形状完整的作品流传下来的宋彩绘陶瓷中，这件彩陶罐可说是非常例外，非常珍贵。

本来中国的陶瓷器唐朝就是唐朝、宋朝就是宋朝、明朝就是明朝、清朝就是清朝，各个时代的特点非常明确。特别是一般称作宋窑的宋代陶瓷器，正好就像我们国家镰仓时代的雕刻佛像一样，非常明确地表现了那个时代的精神及特征。不嫌重复再说一遍，从这件作品身上，难道不能明确地感受到宋代的精神和特征吗？

关于彩绘特别应该注意的是，此彩绘罐的人物绘法完全采用绘画的手法。虽然还是能看出这是一种绘画画人的时候绝对不可能用的完全干枯，而且颇有味道的笔法，但拿常见于宋窑产的彩瓷盘类中那种用成功的省略笔画画成、一看就是陶画的"草花纹"相比，我们能够看出这件彩绘陶罐的彩绘技法非常超前。

（1933 年）

磁州窑鸡形水壶（宋窑）

直到现在，日本仍把中国河北省磁州窑的陶瓷器称为绘高丽。绘高丽本来指的是朝鲜的陶瓷器，事实上鸡龙山窑遗址[1]就发掘出了各种各样的陶瓷器。

我的感觉是磁州窑比较硬，而绘高丽则比较软，不常看的人当然很难判断。

这件鸡形水壶从前肯定也是被人当作绘高丽看的。

但是，这不是产自朝鲜而是产自中国，而且是宋代磁州窑产的。

磁州窑从前的作品一直都是无力无味，不足赏玩的，但到了宋代，不论坯体制作还是彩绘，都妙味横生，很多地方都令人心悦诚服。

这件鸡形水壶也是整体造型格调高雅，彩绘笔法刚劲，虽然看似随意潦草，但却成功写实，俨然就是一只活生生的母鸡。大概是某座古墓的发掘品吧。

（1933 年）

1　鸡龙山窑遗址：朝鲜李朝时代的窑址。位于韩国忠清南道大田广域市的鸡龙山。

磁州窑鸡形水壶

成化[1]年制彩绘深碗

成化年在距今约四百五十年前，是五彩瓷最有名的万历五彩瓷出现的大约一百年前。日本当时是足利时代。不争的事实是成化年代的五彩瓷有足利时代佛像画的风味。万历年代相对粗野的彩绘令人联想到桃山时代的美术。万历年代充满豪放的气势，但缺少成化年间作品的格调，稍显低级。成化年间以出产大量精良的青花瓷而著名。生产量很多，仅从日本现存的作品来看，大部分精良的青花瓷都是成化年制。但在这期间还诞生了如此精致的彩绘深碗却很少有人知道。而且这些作品也影响了日本的九谷烧，是九谷烧陶瓷的祖先。

（1933 年）

明嘉靖年制彩绘碗

明朝的嘉靖年间相当于日本的足利时代，在万历年的前边，是万历五彩瓷出现的前夜。

但是要觉得嘉靖年间制的所有彩绘瓷都像这件一样好的话，那也是不对的。这件彩瓷是万里挑一的珍品。而万历五彩瓷则似乎毫不顾忌地炫耀自己的协调圆熟，令人不由想怼

1　成化：明朝宪宗的年号，1465—1487 年。

成化年制彩绘深碗

明嘉靖年制彩绘碗

几句。

但嘉靖年制的彩瓷还不至于到那个地步。不论什么只要完成了，就失去了改良空间，也就没多大意思了。

嘉靖年制的这个小碗在这个意义上（虽然彩绘庸俗），可以说有着一种意想不到的美感。

（1934 年）

古彩瓷杯两种

上图轮花杯应该是成化年制的彩瓷杯。忘记了，可能杯底有印记。下图是高足杯，俗称南京彩瓷[1]。南京彩瓷清朝很多，当然本来都是起源于明朝的。

这两件彩绘杯应该是天启年间的彩瓷。因为釉料里边没含钴蓝——也就是说没有用钴料，首先做好白色坯胎，然后在坯体表面绘制花鸟——所以也许有人认为不是天启年间的。因为没有钴蓝，所以就有了南京彩瓷这个特别的名称。但是即使没有使用钴料，按时代区分还是天启年间的这没有错。当然请先谅解，这只不过是鄙人的看法而已。

这两件都是日本人一直喜爱的，特别对于文化、文政年间热衷当时流行的煎茶趣味的人们来说，简直是爱不释手。

1　日语称作"南京赤绘"。

107

古彩绘轮花杯

古彩绘马上杯

但是喜欢抹茶的人却并没怎么喜爱。这两件都非常精美，但总感到有些做作，所以毋宁说人们更倾向于排斥这类彩瓷。

这种彩瓷从日本人特有的深邃的自由、宽松的趣味观点来看稍显不足。

但是同样是彩瓷，下图南京彩瓷却深得日本趣味之妙，值得关注。

下图本来是明朝末期制作的，但不知何故却有着浓厚的日本趣味。从照片就可看出，不单是某一个图案线条具有日本趣味，而是不论一片树叶还是一根线条，都能看出日本趣味的存在。什么原因造成明末彩瓷出现日本趣味，原因不明。令人甚是不解，不可思议。

我们先不去考证什么理由，把这件彩瓷与成化、万历年间的五彩瓷的特点相比，我们不得不惊叹这件彩瓷完全没有当时中国值得骄傲的那种所谓中国趣味。不管怎样，今日以后，我们应该可以说这就是天启彩瓷的特色。

最近一部分有眼光的爱陶家不管盘碟还是碗盆的天启彩瓷突然都抬高价格，其原因就是从上述日本趣味角度来看，不外是含有完全相符的东西。

关于这种日本人趣味的表现，也不是没有人认为这是当时的日本人订制的，但即使订制也不可能连精神都简单地日本化。即使按照日本人的设计制作，也不可能这么简单地就把日本人的感觉和感性表现出来。

这些还都是我们搞不清楚的地方。

上边简单介绍了一点有关我对中国古彩瓷的日本趣味的看法。但是如果把这些搁置一边来评论的话，那么我们不像如今的煎茶家们那样，还兴致勃勃地把这些当作名器看。

但是，这些彩瓷不论坯体造型还是彩绘笔致，都比较随意自然。一条线一笔画，确实都有一种轻松愉快的感觉，是一种值得肯定的长处。但话虽这么说，却还是不具有九谷烧那样的艺术生命。所以初次接触可能会一下就喜欢得不得了，但这只不过是一种直感，谁都会经历这么一个过程，而这也正是中国彩瓷的特长使然。但是如果深入探讨其艺术性，与日本人作品所表现出来的那种功力、深度、雅味等相比，则只不过是形似而已。这并不是因为我是一个日本人才这么说，即使我是一个美国人，或是一个法国人，我还是会这么感觉。

最近泷精一[1]在《朝日新闻》上得意扬扬地发表了一篇过时的中国赞美论，那种说法看似很有道理，其实是谁都可能有过一次那样的体验。但逐渐看到真实的中国瓷器后，就自然能看出中国瓷器那种美的局限。泷先生今后如果鉴赏眼力能进步的话，也许某天能达到我们鉴赏的境地。泷先生的父亲大概也是抱着这种心态画水墨山水的吧。

实际上看过去的东西的时候，日本的东西哪怕是一片瓦都

1　泷精一：日本美术史家，东京帝国大学教授。其父泷和亭是著名山水画家。

有令人钦佩的地方。我经常说，区别就在于主观和客观，没有站在明确的主观立场上就不可能做出有深意的作品。我不是说这些古彩瓷的杯盏没有什么价值，也不是说自古以来日本人特别是有煎茶趣味的人喜欢，甚至至今还珍重这些杯盏没有什么理由。

但是，正如我上边说过的那样，喜欢也有限度，两者之间有着根本的区别。

（1935 年）

明代五彩执壶 [1]

严冬的某一天，杨贵妃与玄宗皇帝一起来到庭院，贵妃用手指着房檐垂下来的冰柱，悦耳地叫道"冰箸！"，因为比喻美妙，遂赢得了玄宗皇帝的宠爱。杨贵妃洁白如雪的纤纤手指，握着脆弱的瓶把，端起玉杯，送到柔美娇艳的红唇边……我要说贵妃手执的就是世人所说的盛盏瓶，大概没有人怀疑。

但是，其实玄宗皇帝的唐代还没有出现如此精美的瓷器。到了明朝的成化年间瓷器技术才发展到这一地步。但是因为中间画着蔓草图案，使这件瓷器更有威严，更加光彩夺目。这种

1　原文为"盛盏瓶"，即"仙盏瓶"（日语同音）。日本把这种执壶与形状相同的明代雕漆仙盏瓶同称。

明代五彩执壶

瓷器本来贴有金箔，不是泥金烧制的，所以一般的金箔都脱落，能看到的很少。而这件瓷器的最为珍贵的地方，就是还残存金箔光彩。可以说日本的九谷烧深得这种彩绘妙传，并发扬光大，及至妙境。

（1934 年）

万历彩绘大水缸

一提到彩瓷人们就联想到万历五彩瓷，万历五彩瓷就是彩瓷的代名词。而万历五彩瓷出现的时期，正好是丰臣秀吉大举侵略朝鲜的时期（1592 年）。最近流行的天启五彩瓷是经过万历朝四十七年间发展而来的，在万历朝看来，都是粗制滥造、轻浮无物的。作品缺乏威严，能看出国威逐渐走向衰落的征兆。但因此却深得希望轻松随意赏玩的日本人的喜爱。日本人在这些明代粗制滥造品上发现了一种不过分的适度"美"，从而养成了把这些地方作为鉴赏重点的风习。当时的王公贵族花费巨额金钱收集了大量画有菊花青竹等图案、基本不可能有什么用处的劣质五彩瓷赏玩。从最近天启五彩瓷的流行，也多少能看出一些当时的影响。

万历五彩瓷的生性虽然了不起，但总的来说还是具有那种烦琐的特征，这点是不可否认的。因此其特点就是看着不轻

万历彩绘大水缸

浮，而敦厚也应该是其价值之一。但是万历也持续了四十七年，初期的作品与后期的作品，无疑也应该有一定变化。但款识都是万历年制，所以很难判定到底是前期作品还是后期作品……但认为初期作品大概多少有一些成化年彩瓷的雅趣应该是妥当的。既然如此，那么照片上的这件大水缸，比广为人知的万历五彩瓷"龙图"绝对要高雅，在不咄咄逼人这点上看，应该属于初期作品。

但是，这件大水缸其实已经破碎，只剩下这半边，另一半如何丢失也不得而知，但这剩下的破片对于我们来说却也是极为贵重的古瓷器参考材料。如此说，是因为如此绚丽多彩的图案在万历五彩瓷中似乎很少见，人们几乎从未看到过。

即使如此吹捧这件五彩瓷，但是若要从更高的艺术角度进行评论的话，恕我直言，相比之下我还是认为日本的古九谷烧，具有更高的艺术生命。对此我不吝赞赏。

（1934 年）

吴须水鸟火罐

古青花瓷有两种。一种就叫作青花瓷，一种通称吴须。这两种青花瓷打眼一看都是一样的青花瓷，通常不容易分辨。相当程度的专家也经常会在作品面前各说各的。那么，到底怎样

吴须水鸟火罐

才能简单区别这两种呢？我这么想也不知是否合适，那就是青花瓷比较精致，而吴须相对而言却比较粗糙。

青花瓷制作很精良，图案描画也很精细，而吴须从坯体开始就比较粗糙，图案线条也很潦草，说好听了就是比较随意吧。

青花瓷忠实于制作"高价"的作品，而吴须则安于制作"低价"的器物。

从制作效率上来看，制作一百个精良的青花瓷，同样时间也许就能制作五百个吴须。

另外，也许可以说青花瓷属于官窑的精品，而吴须则属于民间艺术一类。

茶道兴起三四百年以来，以美术鉴赏见长的茶人们，从喜好和实用性两方面出发，青花瓷和吴须两种表面看都喜欢，但似乎把吴须置于青花瓷之上。值得关注的是，茶人们最初就把制作精良的青花瓷精品置于制作粗糙的吴须之下。

吴须完全是随意所做，自由绘图的，所以悠然舒展，令观客轻松愉快，没有匠人的精工巧制之处。

确实知道这些后，就能理解前辈们把吴须置于青花瓷之上的做法没有错。

再看这个吴须水鸟火罐，本来可能是茶碗或什么食器，但更适合做火罐，自古就被用作火罐，成为名器。不管怎么说，不论形状，还是图案，都是随意而为，没有刻意而为的地方。

而且还有上等瓷器应有的典雅大方。并且在造型上特别为日本人所喜爱。另外，图案也不多见。这点才可说是一直被人们纷纷传颂的理由。

（1934 年）

高丽扁壶说

我们不去考据扁壶在过去到底是做什么用的了，因为考据这些对于鉴赏并没有多大影响。不仅这件扁壶，我们赏玩某件陶瓷器，是因为该陶瓷器是一件成功的美术品，所以不是说什么陶瓷器都能赏玩。看一件没有美术价值的陶瓷器，还不如看一片烂瓦片。

现在介绍这件扁壶，就是因为这件扁壶有着多面的美术价值。特别是朝鲜的陶瓷器，与中国的陶瓷器不同，在制作技巧以及感性方面，与我们日本人有很多共通的地方，所以相比中国的陶瓷器，更能令我们感到亲切自然。我们喜爱的这件扁壶的长处，正是特别自然随意的制作，似乎有收束又似乎没有收束，以自由的精神，完成了作品。这就是这件扁壶的最大优点。

中国也有各式各样的扁壶,但大部分都是阴模印坯成型的,稍嫌过于规矩规整。规矩规整在实用意义上也许需要，但作为

高丽扁壶

我们今日赏玩对象，就显得缺乏艺术生命力。

这件扁壶，我们可以用看一幅画的眼光看，用看一件雕刻的眼光看也可以。与其说是观赏一件陶瓷器，还不如说是观赏一幅绘画或者一件雕刻更贴切，这种陶瓷器就是高丽青瓷。一般所说的高丽青瓷都是所谓的高级品，制作非常精良，雕镶的技巧等，前无古人，后无来者，确实做到了尽善尽美，举世无双。

高丽青瓷的胎泥经过多次淘洗，除去杂质，胎泥分子紧密，像白瓷胎泥一样，其土质极为细密。但是这件扁壶要么是当时的等外品，要么是一件日常用品，详细情况不得而知，但与一般的高丽青瓷相比，说是粗劣制品应该没有问题，所以制作显然非常轻松随意，像表面的纹饰，也不知是花还是叶，雕刻的刀痕非常清晰，而且极为流畅，没有受到任何拘束。简直就像一个小孩儿高兴地光着脚乱跳一样，这是一件天真烂漫的佳作。

今天的人们，即使朝鲜人，也不可能有这种自由精神。而且也许时代使然，此作品风格非常刚健，没有任何卑微之处。但是却富含日本人喜爱的幽雅气质。

看制作手工，纹饰上方，青瓷釉浓度变深的地方，分成上下两部分。要是中国制的话，同样是连接，大部分都是在上下中间处，而这件扁壶却是在三七分的上方处连接。在我们习惯于用辘轳转盘制作的人来看，这一点也非常有意思。

纹饰是在坯体上抹施敷一层厚厚的化妆土泥浆后，在泥浆半干燥时雕刻图案，然后把图案以外的泥浆刻掉，只剩下白色的化妆土图案。所以图案的白色比其他地方深，显得更白。其他地方全面施高丽青瓷釉，最后在上部更青的部分，作者有心装饰一下，再施了一遍釉。所以同样的釉色，因为施了两次，釉层更厚，颜色也就更青一些。

与此相似的高丽扁壶虽然有时也能看到，但像这个扁壶一样烧制纯朴，至今能完整保存的确实还不多见。而且这种花纹几乎同样装饰在壶的四面，所以不分正面背面。只是底部没有施釉。这是因为烧制工程所以不能施釉。

（1932 年）

古九谷烧五彩壶

我从前就说过，如果要问古九谷烧和万历五彩瓷哪个更好，一般人无意识地就会认为当然万历五彩瓷好（在真正原产这个意义上）。至今似乎没有一个人把古九谷烧和万历五彩瓷真正比较过，认真思考过。

但是如果把两者实际比较一下，万历五彩瓷虽然外部形态非常精美，但却没有精神内容相伴。而九谷烧虽然没有万历五彩瓷那么精美，但看其内涵，却有着非常深刻的东西。

古九谷焼五彩壺

也就是说万历五彩瓷是重视形式的作品，而九谷烧则是重视内涵的作品。

就是单看一条线都完全不一样。那边的都是能工巧匠，能拉出漂亮的线条，而这边的说是能工巧匠，还不如说是笨手笨脚的工匠，他们笨手笨脚地拉出有味儿的、有雅趣的线条来。从创意上来说，甚至有些笨拙。比如说这件彩绘壶上的七宝花纹（几何花纹）和蔓藤花纹等，不得不说画得非常笨头笨脑。但是即使如此，感觉却不错，有一种令你不能随意说一句"笨头笨脑"就随手扔掉的特殊味道。

相反，如果我们要看红彩的发色也是同样。谁看都承认万历五彩瓷的红彩发色非常漂亮，相反九谷烧的红彩则有些偏黑，施彩也不精心，没有中国那样的技巧，所以不论女人看还是小孩看，都不会说好。但是即使如此，我们还是感觉好。甚至可以说正是那不好的发色才有味儿，手法笨拙的地方才有特点。

说到底这是作者的国民性和人格的问题。好人做东西，即使技法不好也能做出好东西。乏味的人即使技法多么高超，也不可能掩盖自己的乏味无聊。越是技艺高超，做出来的东西越是轻薄乏味。正好与做料理一样，一个普通人真心诚意，尽自己最大能力做的料理，远比一个大厨师哼着小曲，仅仅依靠自己的高超厨艺所做的料理好得多。就算是一碗酱汤，老奶奶笨手笨脚但用心烧成的也好吃，相反料理店的酱汤虽然厨师的技术好，但喝起来总觉得少了点什么。古九谷烧和万历五彩瓷正好就像这种关系一样。而说到底，这应该就是日本和中国的区别。

我们看中国明代的绘画，精巧构图、优美图案等有很多地方令人钦佩。日本人本来就是学了这些地方，因为日本人有内在精神，所以学了中国人的绘画，如虎添翼。

说到底，古九谷烧好的地方还是结实牢靠，再加上雅致有味。而且制作轻松随意，也表现了日本人的见识。这件彩绘壶很完整，但在九谷烧中我们还常常能看到坯体本来就已经变形、压扁的，还有少量欠烧的等。

要是在当时的中国，这些会被当作残次品，不会给彩绘和施釉等，当下就会扔掉。

但是在日本却完全不管这些，随你是变形的、压扁的、欠烧的，不论什么样的都精心彩绘施釉。这里体现了作者的见识。作者并不认为所有变形的或者压扁的，欠烧的就是不好的。他们有着即使有些变形等，也觉得无所谓的自信。他们有这等见识。所以万历五彩瓷等没有变形的或者欠烧的，而古九谷烧却有。我们的祖先知道，多少有些缺陷一点也不会影响作品的内涵。

而结果就是时至今日，古九谷烧的那些缺陷不但没有任何影响，其真正价值反而得到世人承认，在市场上被高价买卖。

正因为人们能看懂东西的内容，所以才能如此。

从上述角度来看，最近的日本把追求完美放到了第一位，而忘记了事物的内容。与九谷烧时代相比，不得不说目光也太短浅了。

比如说西洋器皿，哪怕有针尖大小的瑕疵都说不行。换句话说，因为连针尖大小的瑕疵都没有那件器皿才有某种价值，而要是那件器皿有了哪怕是针尖大小的瑕疵，就毫无价值了。所以这种器皿从开始就完全没有内容上的价值，作者根本没有不在意针尖大小瑕疵的胆识和见识。

只要作品有内涵，就不会有人去在意针尖大小的那么一点瑕疵。人也如此。任何伟大的人物多少都会有些缺点。而难道因为有那么一些缺点，伟人的价值就会消失吗？具有这种风潮的现代人在古九谷烧面前应该感到耻辱。综合上述观点，我得出如下结论：

万历五彩瓷那样精美的瓷器都给西洋人吧，我们日本人应该收藏古九谷烧。

（1935 年）

古九谷烧彩绘祥瑞盘

喜欢陶瓷器的各位，请看这件彩绘盘。这是一件真正的古九谷烧彩绘盘。但是与我们平时看到的古九谷烧稍微不一样。这么说是因为从颜色到彩绘都是模仿别的彩绘盘而来的。模仿的是什么，我认为是祥瑞盘。那么到底是不是有这种色彩和图案的彩绘祥瑞盘，其实我也不知道。但是从所谓的彩绘祥瑞盘可以推测出来。可是真正的彩绘祥瑞盘却没有这件彩绘盘这么含蓄。

深奥雅致，看似笨拙其实精巧，而且富含余韵的是日本制的特色。日本的东西随便看什么都很含蓄。有人会问："你说的那个含蓄到底是个什么意思？"我是这么想的：所谓日本的作品，就是日本的国民性不知不觉间成为其内涵的作品。制作者的人格素养就是它的内涵。其他的比如学问、素养、审美力、信心、正直、直率、上品、才智等多重叠加，组成作品的内涵。这种内涵就是含蓄。含蓄创造信念，信念脚踏实地。到了这一步，只能说古九谷烧很了不起。没有任何优柔，只有脚踏实地的信念，不是只追求外表造型多么好。

我认为日本的美术品相比朝鲜及其他地方的更为深奥的原因就在于此。总的来说就是比较高雅、比较深奥、非常雅致，确实反映了我们的国民性。

这件古九谷烧的作者当时应该是模仿的，但是没想到做出的却比原作更美、更含蓄、更上等，真正反映了国民性和作者自己的人性。真是没办法。但是麻烦的是要看出是否含蓄，判断是否含蓄的人的眼力不含蓄不行。可能有人又要问那到底什

古九谷烧彩绘祥瑞盘

么是含蓄的眼力呢？这就是我一直所说的"慧眼"。

（1935 年）

古九谷烧菖蒲彩绘小碟

熟知宗达，知道宗达绘画妙味和影响的人，听到我说这件小碟的绘图是宗达画的，不但不会觉得不可思议，甚至还会觉得果然如此……

这件小碟的绘图就是如此精彩。

人们都知道古九谷烧的绘图很多是以守景的画为底本的，事实上有些也许是真的，有些也许只是受到影响。但在我看来，古九谷烧的绘图一般都没有守景画的那种笔致和情操，都比较有力度，也就是刚健。就拿这件绘图来说，守景就没有这样的画。这应该是宗达的，与宗达的画很接近。

如果这是当时完全无名的一个陶工画的，那么说明当时许多陶工都是了不起的艺术家。

不仅陶瓷器，当时的织染、描金画、人偶、家具等，任何工艺品都有艺术生命，确实是一个令人不胜羡慕的艺术的工艺时代。

再说这件小瓷碟上用钴料画的菖蒲花。有人能断定这与举世有名的乾山的八桥画有差距吗？要说这件菖蒲花是乾山之

古九谷烧菖蒲彩绘小碟

笔也没有任何不可思议。这实际就是一件没有乾山的功力便画不出来的名画。不可思议的是，竟然有这么高水平的陶艺画工。

我们再来看碟子坯体。这两件虽然都没有什么让人不快的地方，但也没有什么值得赞赏的地方。只是上边的绘图，确实有着令我们这些制陶人胆寒的价值。

（1933 年）

古唐津烧流釉水罐

我手头有这件奇特的陶器，所以刊登上照片，但是要我说明，却一点都搞不懂。

也许什么古文书有什么记载，但我本来就是一个懒散且嫌麻烦的人，不太愿意查找文献，一直没有好好查找，所以到了说这件陶器的时候，就抓瞎了。

只是因为我喜爱陶瓷器，所以经常观赏。如果要问唐津烧是从一千年前开始的，还是从八百年前开始的，是纯粹朝鲜人烧制的，还是也有日本人参与烧制的，什么时代的最好等，我完全没有调查过，所以也没有发言权。

只是挺好的就是挺好的，我自己觉得有意思的就觉得挺好。虽然像个盲人，但逐渐"直感"发挥作用，一眼大概也能看出

古唐津烧流釉水罐

一个所以然来。

会鉴赏、懂文献、精历史，这三个能力都有的人才是真正的鉴赏家。说到这里，我只是一个仅能做某种鉴赏的人，态度首先就不端正。但是只要喜欢，就会下各种功夫。

既有像我这样只从艺术角度鉴赏的人，也有以科学的态度鉴赏的学者一样的人。我知道的一个S博士，总是把茶罐切断看茶罐的"土"质，在我们看来陶瓷器是艺术作品，是工艺美术，我们要鉴赏陶瓷器的艺术美，而把茶罐切断调查茶罐土质这样的事与陶瓷器的鉴赏好像没有什么关系呀。可是在那个人看来，这是关乎科学的问题，只有那样做他才能感受到研究的乐趣。

还有陶瓷史学者O，也是一个比较有名的鉴赏家。至今还流传这个人的一个大丑闻。在他自己出版的彩色陶瓷集中，把京烧的苏山[1]作品当作古九谷烧介绍，后来发现是自己搞错了，只好悄悄取消。事实上是，几乎没有人能同时集审美、学术和赏玩三种能力于一身。

这件唐津烧其实我也一直不太清楚，大家怎么看的呢？打眼一看是一件古唐津应该没错。但从罐口制作的技巧等来看，似乎也能看成是德川时期的作品。不知德川时期的挖掘资料中有没有类似的陶罐？我虽然并不觉得是很古的，但应该也不是丰臣秀吉侵略朝鲜后抓来的朝鲜人做的。

1　苏山：指諏访苏山，明治、大正时代陶艺家。

132

总的来说古唐津烧确实耐看。唐津烧的碗底圈足，大家不是都很喜欢吗？唐津烧的圈足没有一件不好的，没有一件乏味的。

　　以后有机会一定要好好介绍一下唐津烧的绘图纹饰。看似用简单粗糙的秃笔胡乱画的图案，却有着比肩古今名画的风味。笔力苍劲有力，是芜村[1]等人的功力远远不及的。

　　另外，斑唐津、朝鲜唐津等卵白釉的陶瓷器中也有很不错的。茶人们很聪明，把其中好的陶瓷器和石爆[2]等都用于茶道。总之，一旦尝到了唐津烧的妙味，就会喜欢得不行，就会爱不释手。到了这种地步，就想更上一层楼，进入落款和文献研究领域了。这很自然。但是话虽这么说，对于只是感兴趣的人来说，鉴赏第一，文献第二应该是没错的。

　　这件唐津烧珍贵的地方，正如照片说明所说，是内侧全面施釉，外侧的纹饰是涂几条釉线任其自然流淌……这种手法现在的人不太用，总之比较麻烦，而这件作品能如此吸引人，都是因为这是几百年前古人做的。也就是说天真无邪。现在的人要是模仿这种手法，毫无疑问会令人感到厌恶。

　　现在还有很多人认为斑唐津、朝鲜唐津是在朝鲜烧制的，但从唐津岸岳古窑遗迹发掘情况看，已经证明都是在日本烧

1　芜村：指与谢芜村，江户中期俳人、画家。本姓谷口，后改姓。文人画有名。俳句等与芭蕉并称。

2　石爆：胎泥中含有不纯物（沙粒等）导致陶器烧成时爆裂，陶器表面会出现爆裂纹样，茶人将其作为陶瓷器的一种景色把玩欣赏。唐津烧等陶器多见。

制的。

古唐津烧还有皮鲸[1]和黑釉等手法，都留作以后再说。

这件唐津烧外侧的釉料，与朝鲜唐津和斑唐津同样都是卵白釉。一般专家称之为"蒿灰釉"，但听说唐津烧的乳白色不是蒿灰所做，而是用其他材料做成的。那是用唐津一带山里无穷无尽的叫凤尾草或里白的植物，替代了蒿草。

这件水罐也有斑唐津的特色，罐口边沿呈青黑色，这应该是胎泥的铁分渗透出来的浸透色吧。

(1932 年)

古唐津烧陶器之美

据传古时候有一个人特别喜欢丹波楮麻织物，但是却搞不到手，他苦虑一阵，最后自己拿着绚丽的高级丝绸到丹波的山里去，找到贫穷老百姓，从人家身上硬是脱下楮麻织的破布头，用自己拿来的丝绸换。农民百姓当然很高兴了。

胁本[2]君大胆地公开说古唐津烧很野蛮自己不喜欢。说唐津烧野蛮真是令人惊讶无语，而胁本君接着说自己喜欢漂亮的

1　皮鲸：在陶器口沿刷一圈黑釉，因像鲸鱼背鳍而名。为唐津烧特有装饰之一。
2　胁本：不明。明治、大正时期有一位著名画家叫胁本大岩，1923 年"大正十二年度帝国绘画排名"被评为"独立大家"。此文中的胁本为美术记者，不知两者之间是否有关系。

134

东西。也就是说在胁本君的眼里唐津烧不漂亮，很野蛮。也许我举的例子很不恰当，这审美观与喜欢丝绸的丹波穷百姓基本没有区别了。可是据说他却很喜欢唐津烧上的绘图，也喜欢唐津烧底部圈足的形状。喜欢唐津烧底部圈足形状……似乎他前年收藏到一件原来属于我的古唐津烧，后来在一本杂志发表的照片说明中曾经强烈赞赏过。

面向西洋人的古董店里就没有古唐津烧和古伊贺烧之类的。喜欢去三越百货商店[1]的贵妇人们也不会认为唐津烧美。现在的收藏家许多人也并不怎么留意唐津烧。学校教陶瓷器的老师和五条坂的陶匠们大部分也与唐津烧的美没什么关系。不论是否说唐津烧野蛮，胁本派的人确实不少。是不是因为这样不得而知，喜爱唐津烧的人不是非凡的古董毕业生，就是茶道出身的爱陶家，偶尔也有具有审美眼的天才。别人的事情姑且不说，对我这样的人来说，如果在众多的陶瓷器中没有了唐津烧的美，那我喜爱陶瓷器的热情也许会一下凉许多。

世上鉴赏陶瓷的人肯定都会把陶器倒过来，打量底部的圈足，在我所知道的范围内，像唐津烧的圈足这样百是百，千是千，每个圈足都令人喜爱的陶器其他没有。图案也是一样，我们常常一看到唐津烧马上就会精神为之一振。如果胁本君作为一个美术记者一定要说唐津烧野蛮之类的话，我愿意当面跟胁本君争个高低，不管需要多少年，直到胁本君低头认输为止。

1　三越百货商店：日本有名的百货商店。2011 年与伊势丹百货商店合并。

古唐津茶碗

我将一直追求唐津烧的美的精髓。

（1933 年）

与志野烧相似的唐津烧

人人都知道，虽然都叫古唐津烧，但因为釉料不同，所以并不完全一样。

从来就有一说是萩烧[1]和唐津烧分不清，两者都是蒿灰釉烧成的乳白色陶器。另外，还有有名的斑唐津。那是给一部分蒿灰釉融进土，或者釉本来有的某种成分，使烧成的陶器表面呈现出海参釉[2]的蓝色或深蓝色。另外还有一种叫作朝鲜唐津。朝鲜唐津与斑唐津并没有什么特别的不同，一般习惯上认为土色比较红黑的就是朝鲜唐津。但是虽然叫作朝鲜唐津，其实大部分都是在日本的唐津生产的。当然也不是完全没有个别真正的朝鲜产混在其中。

还有一种特别有特色的唐津烧，那就是濑户唐津，茶人们非常喜爱。这虽然是用普通的唐津陶土制作的，但釉料却是与其他各种唐津烧完全不一样的材料制作的。这种釉料就是制作最近特别受人关注的志野烧的长石釉。但是与志野烧不同的是，

---

1 萩烧：产于山口县萩市地区的陶器。起源于文禄、庆长年间渡海而来的朝鲜陶工。
2 海参釉：日本把类似于雍正年间天蓝釉的釉料称之为海参釉。

古唐津火罐

除了风格不同外，釉色也像美浓烧一样不是纯白，坯体部分没有一处像志野烧那样呈现朝霞般的火石红，所以也没有红色纹饰。这就是濑户唐津。可能是因为与濑户产的志野烧比较像，所以才被称作濑户唐津吧。

照片上的火罐虽然不是濑户唐津，但施的釉一样，都是长石釉，与称濑户唐津这种特殊的唐津烧是同一种釉。因为不是茶碗，所以不被称作濑户唐津，被称作一般的古濑户。

因为釉料是长石粉，所以基本上与志野烧没有什么区别。唯一不同的是不像志野烧那样呈白色。陶土也不是美浓的陶土。图案不像志野烧图案那样透出火石红色。虽然没有火石红色，但与志野烧一样，这个图案也是从很厚的长石釉下渗透到釉的表面，显示出还原焰的作用，与真正的志野烧的发色没有区别。所以理所当然，世人在珍重志野烧和这种唐津烧之间并没有设定什么大的区别。

（1933 年）

濑户唐津茶碗

既然叫"濑户唐津"，就认为那个茶碗是濑户生产的……这样想的人，要么是感觉像唐津烧就觉得是唐津烧，不知何时开始就稀里糊涂地把它称作濑户唐津，然后下意识地就认为这种陶器确认产地很难，干脆放弃思考；或者是相信这应该就是唐津生产的，但却是濑户风格，所以自然而然就认为应该称作濑户唐津。总之在这点上，广义的爱好家之间，并没有一致的意见。还有人说，是濑户的人到唐津来烧制的，所以人们习惯称之为濑户唐津，总之很少有人能把这件事说清楚。这一点，作为这种茶碗称呼的一个问题，令人甚感兴趣。所以作为这种陶器的鉴赏家，搞清楚这种茶碗何处是濑户风格，何处是唐津风格，为何叫作濑户唐津等问题，是一个必需的条件，也必须要有这方面的学问。

对此，我又要冒昧发表一下自己武断的观点了。

濑户唐津这种茶碗……要是问产地是哪儿，不用多说，我可以断定就是唐津……陶土就是最大的证据。而且作品也是唐津烧的风格，另外碗底的圈足也有着唐津烧圈足特有的唐津形。但是既然给这种茶碗加上"濑户"二字，称为"濑户唐津"，那么一定有它的理由。理由是这样的：这种茶碗施的釉不是我们常见的普通唐津烧的那种釉，也不是斑唐津釉，而是一种完全不同的乳白色不透明釉。因为这种釉料与被称作濑户志野烧的陶器用的釉料完全一样，所以被加上了"濑户"二字。我这样说应该没错。

志野烧的釉被称作濑户长石釉。"濑户唐津"的釉，应该是唐津产的用长石粉做的釉。这种长石釉的氛围与濑户长石釉又像又不像。志野烧用的长石釉颜色一般是纯白的，但是濑户

瀬戸唐津茶碗

唐津用的长石釉却有一点土黄色，不是纯白。因为志野烧用的陶土含铁少，而唐津烧用的陶土含铁比较多。再说志野烧的作品风格，作为古濑户系统，自然有一种织部烧风的作品风格。而唐津烧则感觉完全不一样，内涵也很有力度。特别是被称作濑户唐津茶碗的茶碗，与志野烧的风格是完全不同的。形式上濑户唐津和志野烧完全不同，只有两者用的釉料偶然（？）是一样的。因为濑户唐津与志野烧用的釉料一样，所以单看外表的釉，就觉得好像是志野烧。也就是说我们可以想象，毫无疑问的是，濑户唐津这种茶碗，虽然是九州唐津生产的，但因为外表的釉与濑户志野烧的釉一样，所以被称作濑户唐津。如果可能，也许叫作"唐津濑户"才更容易理解，也更恰当。

本来唐津烧多少有些怪，但濑户唐津茶碗却很顺眼。形状大同小异，有着各种变化，很多茶碗都相当雅致。但是像照片上这个茶碗这样，外侧下部釉星星点点，有人可能看着觉得不快。这叫作梅花皮，自古受到世人赞美。从上往下施的釉，流积到碗底圈足附近变成星星点点。这是一种窑变的妙味，自古被茶人当作茶碗的一种景色赞赏不已。

貌似以美术鉴赏当生意做的茶人，或者说从前不这样不行的茶人，很早就关注梅花皮，看出梅花皮的美，认为梅花皮美。这种眼力是从前茶人独有的，也是长于普通人的地方。但是对于烧出这种星星点点梅花皮茶碗的陶工来说，这应该是所谓的次品，没烧好，不是自己本来要烧的茶碗。陶工本来希望釉从碗的上部流到下部，全都是光光的。不用说他们并不是开始就要做这种梅花皮。所以陶工看到烧出来的这种梅花皮茶碗，肯定觉得烧坏了，肯定很丧气。也许本来能卖十钱，现在只好降价卖个三钱两钱也就算了。但是谁能想到后来从茶人的审美角度看，这些梅花皮茶碗比那些光溜溜的完整茶碗更有意思，更有味儿。他们认为这才是好茶碗。这完全是陶工们做梦也没想到的一个好结果。从烧制茶碗的陶工的角度来说，这是一个预想外的褒奖。本来从前的茶人多是天才，有着非同寻常的美术鉴赏能力，一般的美术工艺品的鉴赏都没有问题。而今天的陶艺家，特别是像美术学校的板谷波山[1]或者大仓陶园[2]那样的，非常忌讳瑕疵的这些当事者，一辈子也不可能理解梅花皮的妙味、未施釉部分露出底色的妙味，以及茶碗烧走形后的妙味等。他们不会理解唐津烧以及濑户唐津的那些妙味。那些只觉得光溜溜的东西才是好的只看到表面的人——也就是现在的大部分作家，是不可能理解梅花皮的美，是不可能喜欢釉星点、没烧好的茶碗等的。也正因此，欧美人当然都是一窍不通的。话虽这么说，你要是问现在的茶人是否就懂这些，答案也是否定的。现在的茶人也只不过是按从前茶人的说法，口头上说"这个唐津茶碗挺好"而已。说"挺好"的大都是非常可疑的人，实际

1　板谷波山：明治后期到昭和中期的陶艺家，被称为日本近代陶艺的开拓者，1953 年获文化勋章。

2　大仓陶园：日本著名陶瓷器公司，长于制作高级瓷器。日本迎宾馆（赤坂离宫）、帝国饭店等用瓷器皆出自此公司。

上他们并不懂什么，仅仅是按一直以来的习惯口口声声说"挺好挺好"，蒙混过关而已。这样说也许不恭，要是今天的陶瓷器作家做的茶碗，出现梅花皮，或者漏胎 [1] 等，他们肯定会认为这即使不是垃圾，也是没烧好的次品，或者是废品。现在的陶瓷器，那些茶碗本来做的时候如果没有带着美的生命就不能出生。过去的茶碗本身就好，所以现在觉得有欠缺，有瑕疵的也能变成美的景色，增加茶碗的美。就是说因为原来的茶碗本来就是一个做得很好的茶碗，所以越有变化美术价值越高，越使用越有味道，越有风格。这样说也是因为原物本来就好。所以这种"濑户唐津"碗底不论有没有梅花皮都是好茶碗。不论是否有梅花皮，也不论是否有漏胎，原物说明一切，好东西就是好东西。原物好这是从前的美术品共同的特征。现在的陶作家本来应该遵循这种指导，但却没有这样做。原物好的话，你就是原本计划做一个东，但哪怕它变成个西，变成个北，也是好的，结果不会有什么变化。不管怎么变都是好东西，这是古美术品的共同价值所在。在这点上说，这种唐津不管它是弯的扁的还是破的，都是好的。欠烧也行，过烧也罢；圈足深也行，浅也罢。不仅是濑户唐津，任何茶碗，只要是受到赞赏的，基本都可以用上述论点说明。

　　顺便再说一下梅花皮是如何做出来的。

　　梅花皮就像上边说过的那样，茶碗表面的釉不是光滑地流

1　漏胎：指釉料剥落。

下来，而是皱皱巴巴地、断断续续地、星星点点地粘在碗上。为什么能做出这种皱皱巴巴的效果？简单来说就是这样的：刚开始在辘轳上拉胚制作时，手上沾水，所以手摸过的坯胎都是光滑的。把做好的坯胎干燥后开始削刮圈足时，照片上也能看出来，从圈足到梅花皮的顶部的线，都用刀削刮过（为了把碗底削薄）。削刮过的地方与用手蘸水摸过的地方不一样，土坯粗糙，不光滑（当初手摸过的地方还是光滑的）。削刮过的地方都是粗糙不光的，所以后期施釉的时候釉就不能全面粘上去。虽然施上釉了，但没有完全粘在碗体上。在窑里烧时釉料熔化，没粘好的地方就剥落，不能像别的地方那样整面光滑地熔化。结果当然是到圈足为止的削刮过的部分，釉都是星星点点的。我说过的，用竹板削刮过的地方陶土非常粗糙，就是所谓的皱纹，釉不可能完全粘上去。打一个很简单的比方，就像在河床的石头上铺被子一样，被子被石头撑起来，不可能平展地铺上。

就是说在削刮过的粗糙的陶面（按古代的做法，不素烧，完全土坯的状态）直接浇上很厚的耐火度高的釉料，烧过后肯定就能变成星星点点的梅花皮。梅花皮没有光泽，可以理解为欠烧。

（1935 年）

初期鼠志野方形平盘

　　这件鼠志野上有图案，既然有图案就需要简单说明一下。这是因为图案的绘法是鼠志野的一个主要特色。

　　鼠志野陶器上的图案与一般陶器上的图案不一样，不是用笔墨画上去的，而是在白色坯体上均匀涂抹上氧化铁涂料，然后用刮刀刮刻出各种图案。刮出的图案不像雕刻那么深，刮过的地方露出白色，正好像画上去的图案一样。这是鼠志野的一个特点。

　　类似这样全面涂抹涂料然后刮出图案的手法中国、朝鲜也不是没有，但是大多都是在比较黑色的坯体，也就是有颜色的坯体上涂抹上看起来像面粉一样的白泥，然后刮出图案，当然图案都是白色以外的颜色，把黑色表面刮出白色图案的很少。虽然可能也不是完全没有，但是不多。或者说就是没有。

　　甚至可以说仅凭这点，鼠志野作为日本陶器已经是一种创新的陶器了。就是说具有创新特点和出人意料的效果。而且釉料较厚、不透明，有些模糊的感觉，温暖柔和，与乐烧的特点相似。也有烧过头的，釉料熔化过分像玻璃一样发亮。除此之外，窑烧恰到好处的正烧品，效果显著，艺术性很强。

　　然而，如此崭新的艺术品，几乎从来都没有被世人所认识。当然从有一部分人很珍惜地保存着来看，也不能说完全没有被认识，但是至少在并不是很有名这点上说，在陶瓷器界的确没

初期鼠志野方形平盘

有被认可。最近突然受到世人关注，被人们议论其高雅的艺术价值，是因为我们发掘调查了美浓古窑遗迹，找到了鼠志野的源流，其评价一下被提高了。仔细想想，鼠志野也可怜，一直被人遗忘，受到不当对待。

因为颜色看起来像老鼠毛的颜色，不知谁顺口叫了"鼠志野"，然后就成了这种陶器的名字。可是最近出现了图案本来应该是黑色的但是却是白色的鼠志野，有人取名"逆志野"，似有多此一举之嫌。首先逆志野这一叫法的意思就不确切，而且这种叫法也没有美感。无论如何都没有鼠志野一名古雅妥当。

叫法之类的我们先不说，鼠志野的优点是作品风格朴素有力并且风雅。表面柔和雅美、富有潜力，而且看不出任何有意而为的地方，简直是只能说好。要是现在人做，绝对不可能做出这样的来。单是烧就不可能烧出当时的那种味儿来。首先是经济上就做不到，更不用说要再现当时的艺术风格，现在的人是不可能做出来的。

专门模仿，下一定功夫也许能做个差不多，但不论形状还是图案都是不可能媲美的。连一条线也仿不出来，就那一条线就不一样。所以还是说桃山这个时代有着富饶的艺术力量，在当时陶工随便画的一条线中，就富含着令今天的我们惊诧的当时风雅之人的丰富内心世界，这一点现在的人无论如何都做不到。这是一种艺术沃土时代的产物，而且也不仅限于志野烧。

这一时代的东西，令人惊诧的是不论什么都非常雅美。我们觉得不可思议的地方就在于此。

过去能做出来的，今天为何做不出来……这么说，说到底艺术这种东西可能并不是智慧的产物，而是某一个时代的人格的产物。如果仅凭智慧就能做出，那么时代进步到今日就没有做不出来的，所以说做不出来原因就在于时代不同。我们不得不这么想。常言道米勒之后无米勒，桃山之后无桃山，这是自然的结果。好时代的产物随便什么都可以放心说是好东西，不论形状是圆还是扁，什么都是好的。

顺便指出一下，十几年前《陶瓷器百选》一书作者指着鼠志野说估计是窑变[1]濑户，现在当然知道根本就不是什么窑变，而是最开始就是有计划地这么做的。鼠志野现存很多，特别是我们发掘美浓古窑，确定了鼠志野的源流后，这就更明确了。

如果一定要用窑变来说明的话，那么就必须说明如果没有窑变本来是想做什么样的东西。只是用窑变来说明，不过是毫无意义的外行行为。这算是我的蛇足之言。

（1936 年）

---

1 窑变：主要是指瓷器在烧制过程中，由于窑内温度发生变化导致其表面釉色、形体发生的不确定性自然变化。

美浓大平窑出土鼠志野大茶碗

不觉得这个大茶碗看着就雄大，有一种包容力，也有一种暖意吗？那是当然，这是一件在桃山时代的空气熏陶下创造出来的茶碗。

在茶会等看到有名的茶碗，一般都会认为那肯定都是从前有名的陶工倾注全部心血精心制作的，但其实不然。特别是桃山时代，不论谁做的都是极好的。

事实上发掘出这个茶碗的地方附近的几个古窑遗迹也同时出土了许多陶器，比如志野、黄濑户、古濑户、天目、织部等，没有一件难看的。虽然有烧得好的和烧得不好的，但原作没有一件特别粗俗的，没有一件特别拙劣的。而且有资料证明当时有几百名陶工同时劳动。无疑，如此多的陶工虽然多少有巧拙之别，但每个人事情都做得很好。

不可否认的是，不论光悦还是道入，都从早先出现的这些被茶道所珍重的志野名作上学到了很多东西。

鼠志野做陶法

用美浓山中含铁比较少的白陶土制作。坯体晾干后，遍涂氧化铁涂料，然后施用长石粉制作的釉料。在窑中氧化铁熔化，烧得好，就能微妙地渗透到长石粉釉料的表面。因为白色的长

鼠志野大茶碗

石粉被氧化铁侵蚀渗透，就变成焦茶色。这就是后世所称的"鼠志野"。

这样说似乎现在也可以很简单地做出来，但是因为有窑的构造、窑烧时间和燃料种类之间的复杂关系，其实很难，特别不容易做出来的是从前的那种色调。同时还有一个更难的是，以现在人的能力，很遗憾，首先就不可能做出能与原作媲美的作品。

（1935 年）

志野烧

志野烧这种陶器是日本近世施釉陶器中少见的白色陶器。有纯白色的，更多的是绘有图案的。其图案与古绘唐津的图案略同，格调也同样很高。志野烧的逸品茶碗坯体白色部分的图案以及坯体的一部分露出舒服的赭红色，令观者喜不自禁。照片上的志野烧茶碗大部分都露出红色，这么红的发色还比较少见。但是如此全部透红我们只能说它很贵重，而因为缺乏风情和余韵，我们并不觉得其珍贵。

世人崇尚的志野烧是器物的局部或者图案的局部露红。虽然没有露红的也受到人们珍视，但没有受到最高的评价。

志野烧的制作年代大致应该看作是织田信长时代前后，从

在美浓发掘的志野烧

唐津烧、濑户烧以及其他陶器可以看出，这是一个内容和外观完美结合的陶器时代，所以志野烧的风格也应该特别受到珍视。而且其他陶器都没有的乳白色釉色也特别吸引人，处处呈现出朝日一样的火石红色，所以自然能激起爱陶家的激情。

原产窑是昭和五年（1930）我偶然在美浓国久久利村发现的。现在其他人也参加发掘，美浓山中的古窑都开始被发掘了，很热闹。

（1933 年）

花三岛茶碗

这个茶碗自古被传称作花三岛。

一眼就能看出来毫无疑问是按照茶人们的喜好做出来的那种茶碗。令我们如此推测的原因是它一点都不像鸡龙山刷毛目茶碗那样具有野生的自然。就是说"匠气助力"而成的完美性偶然说明了这一点。

如果说这是朝鲜产的似乎也没有问题，但是似有不能全信的地方。

如有高手知道个中一二，请不吝赐教。不过不管怎么说，好茶碗是不可否认的。

（1934 年）

花三島茶碗

黄濑户茶罐

这是一件很少见的黄濑户茶罐。盛行制作茶罐的时代，当时不知是否觉得给茶罐施黄濑户釉不合适，总之黄濑户釉的茶罐并不多见。但是这款茶罐以其作风平易，做工娴熟而引人瞩目。

黄濑户这种陶器，不用说黄色在吸引人上发挥着重要的作用。但是并不是说只有黄色就令人们喜爱。中国黄南京[1]的颜色是西洋人喜欢的颜色，如果有日本人也只喜欢这种颜色，那一定是刚入门的人。当然也不是说任何黄釉濑户陶器都好。如果只要是黄色就好的话，那今天在濑户也大量生产，京都的窑也有出产，但是可惜的是品质都不行。黄釉发色有微妙不同。可是要说清楚黄色哪儿不同却很难。

就像要说某某村的萝卜好吃某某村的萝卜不好吃一样，只看"形状"是分不清的，只有懂"味道"的人才能分清。黄濑户的颜色是否好，只有有眼力的人才能分出甲乙好坏，但是却说不清。要是只是颜色的话今天用科学分析也许能说清楚，但是要看颜色涂布的母体（也就是陶土做的陶器）的风格却不容易。因为母体是艺术品。艺术不是谁都会的。艺术也不是随便一个时代就能产生。这一点过去的事实雄辩地说明了一切。

1　黄南京：旧时日本对中国南部生产的某种陶瓷器的叫法。

黄瀬户茶罐

用一句话说，那就是艺术性年年都在下降。这是上千年以来的历史事实明明白白证明了的。所以黄濑户的好处，即使你用科学方法配制了同样的原料釉料，也不可能再现出我们喜好的黄濑户。因为三四百年前的时代以及那个时代的工匠我们今天不可能得到。铁斋翁[1]即使使用松花堂[2]的残墨画画，画出来的也是铁斋翁的颜色，不可能画出松花堂的颜色。同样的意思，即使横山大观[3]用大雅[4]用过的墨画画，也不可能画出大雅的颜色，只能画出大观的颜色。绘画上显示出来的不是墨的颜色，而是人的颜色。在这点上显示出来的就是艺术。因此，这款茶罐的黄色和上万元的伯庵茶碗[5]的黄色，都是三百年前的颜色，是当时陶工的颜色，都是后来不可能做出来的颜色。而这也正是其值得珍视的缘由之所在。

（1935 年）

---

1 铁斋翁：指富冈铁斋，明治、大正时期的文人画家、儒学家。小时曾为尼僧大田垣莲月侍童。

2 松花堂：指松花堂昭乘，江户初期真言宗僧侣，书、画、茶皆通，书最有名。与近卫信尹、本阿弥光悦并称"宽永三笔"。

3 横山大观：近代日本著名画家。

4 大雅：指池大雅，江户时代文人画家、书家。

5 伯庵茶碗：江户初期幕府医官曾谷伯庵爱藏的黄濑户茶碗。

信乐烧水缸

当一个人没有野心杂念，专心致志创作一件作品的时候，那件作品就不会有什么令人生厌的地方。

与此相反，恰好是无聊的人，才以肤浅的意图计划性地制作作品，不仅方向错误，而且作品粗俗不雅、不堪入目。真正好的东西，近乎天真。

只有天真之作，哪怕表面上杂乱无章，比如伊贺烧、信乐烧的好东西看着还是觉得好。正因为如此，虽然可能被看作幼稚或拙劣，但伊贺烧的花器和水缸、水罐等，有价值几千几万的不在少数。究其原因就是虽然伊贺烧做得不好也许看着不舒服，但实际上因为是直率、天真的创作，所以很美。

要说那是一种什么美，不外乎是那个时代的人心的纯美。正因此，能做出价值几万的伊贺烧陶器的那个时代，同时也是一个能创造出价值几万的绘画、雕刻的时代。

照片上这款信乐烧水缸，虽然不是很古的，但看作德川初期的作品应该没错。虽然没有古伊贺的那种气派和味道，但也没有任何一丝令人不快的地方。正因此，受到今天的鉴赏家们的重视。总之，看时代的新旧，是艺术鉴赏的座右铭。

看到从前的好的东西感觉到好虽然是现代人的生存之道，但即使感到好也不是说现在就能做出来。所以说在现在这个时

信乐烧水缸

代，从珍爱古陶器的人的鉴赏眼光来看，不会产生令人满意的陶器。从这个意义上说，这款"信乐水缸"也是很有价值的。

（1935 年）

仁清作蜻蜓火碟、仁清作荷叶油碟

野野村仁清出生在丹波国[1]桑田郡野野村，是庆长、宽永年间的人，通称清兵卫，入道后改称仁清（也有一说是因为住在仁和寺门前故称仁清）。（主要在）洛西御室[2]筑窑烧陶。

陶祖藤四郎[3]制作的陶器毫无疑问都是精品，但遗憾的是现存的作品大部分都不能确定就是藤四郎之作。不可否认的事实是，认定为藤四郎作品的大部分都是从制作年代以及其他条件上推断出来的。

如果一定要从第二期的有名陶器作家中举出一个个人作家的话，无论如何首先就应该举出仁清。事实上仁清在我国陶瓷器发展史第二期的所有作家中，出类拔萃。

他才是第一个把日本意识融进全部陶瓷艺术的陶艺家。因

---

1 丹波国：旧藩国之一。在今京都府中部和兵库县东部一带。

2 洛西御室：京都西部地名。京都古称洛阳，简称洛。仁和寺所在地。

3 藤四郎：镰仓时代前期陶工加藤景正，被看作濑户烧（濑户窑）开山鼻祖。通称"四郎左卫门"，后简称"藤四郎"。

仁清作　蜻蜓火碟

仁清作　荷叶油碟

为仁清的出现，日本的陶瓷器才作为日本本土的艺术发挥出本来的本领。我在这里要强调的是，仁清的作品中没有朝鲜，没有中国，也没有任何其他国的影子。陶土仁清、绘画仁清、识见仁清、人格仁清就是一个全能的日本的仁清。

假如把他推为日本陶瓷界之王，有谁会理性地举出一二三条来反驳呢？仁清的任何一个部分都无可指摘。所有所谓的主义，所有所谓的倾向之类的，与仁清的作品对决的话，都不是仁清的对手。仁清出类拔萃，他吸收了所有的要素，达到了不为任何外因所动摇的完全境界。没有人能像他这样把陶瓷器本身的特点与日本人的工艺美术意识完美结合。

乾山也是名人，也是一个好人。但他的想法来自宗达和光琳。他的代表作之一立田川深盘，或者棣棠深盘的做法和镂空手法等确实有意思，但是也仅此而已，还没有达到恰如其分的终极之美。而且总有一个很遗憾的事实是，乾山之作中很难看到乾山亲手从泥胎开始制作的作品。

到了木米，时代又往后一些了，他的陶器的缺点就是对于陶瓷器的一般特性过于排斥，而且他对于唐物等舶来古陶瓷器的模仿非常多，说明木米本身在某一面就是一个拟古的作家。当然本来木米的光彩也正在于此。由此看来，仁清确实光彩夺目，而说到底这是仁清自身的人格还原的结果，也可以看作是天成。

这款作品与仁清标志性的以庄重的燃烧作为作品基调的性

质虽然有一点距离，但从中也能看出仁清特有的出人意表的一面。仁清即使在制作此类一般器皿的时候，也与制作茶罐、茶碗等茶事用茶具一样，以谦恭认真的态度制作。这当然是作为一个真正的艺术家的必然的态度，但是实际上很多时候很多人肯定做不到言行一致。制作的品种和客户对象不同，制作态度发生变化的事情并不少见。

首先我们从创意上来看这款作品，从用途上来说本来一枚油碟就够了，可是仁清却有着优雅的创意。他以荷叶做下边的托碟，上边再添一枚蜻蜓创意的火碟，取夏虫扑向灯火之意。

然后再看技巧。蜻蜓翅膀根细，而翅膀尖则宽，尾部向一边弯曲，正好避开灯芯位置……这些地方无疑都是以用途为前提设计的，但创意设计不但没有影响使用用途，反而利用了油灯的用途，这才是鬼斧神工。

更令人惊叹的是那舒展匀称的翅膀、干脆利落的放灯芯的笋状笋。到底是一个手法高明之士的创意，令人点头称是。而且蜻蜓尾巴稍有摇摆等，给人的感觉是似乎正在飞动。

油碟是把荷叶的一边上翻，加上荷茎，你看那荷茎多么坚强有力？受此影响，叶面刻画的叶脉线也必然生气勃勃，就像池底的水正在流动一样。仁清这个人，怎么能如此给作品注入活生生的真实呢？对，这正是高尚人格才能划出的线，出神入化的线，深谙事物蕴奥才可能划出的线。只能是如此。

以上，我们看的只是碟子的表面，而背面则完全不同，没下任何功夫，没有任何装饰。应该是给用品的贵贱、使用的上下关系划出了界限。

在这里我亲眼观察了仁清做的陶器，也亲身感受到了陶器本身对我眼力的影响。就是说在我观赏仁清的作品的同时，也感受到了仁清作品所蕴藏的力量，然后是被真正的事实感动。

然后我们再把荷叶碟从手上放下，放到眼前三尺左右的地方看，能看出叶面上浓淡无序的青釉自然变化成荷叶的颜色，静静地吸收又反射光线，宛如一阵晚凉的清风吹过。

有关仁清的作品，同样令人深有感慨的是，对釉边之美的追求、对窑印正确的希冀等。但是这些都留待后日再说。

没有人能像仁清那样在总结陶艺的条理、把理论具象化的同时，为日本陶瓷各方面的发展做出确实的贡献。即使这样说，也很难把仁清说清。如何才能说清仁清，是我个人很苦恼的地方。

（1933 年）

仁清作蓑肩茶罐

如何用一句话概括仁清所做的陶器好在何处，其价值如何之类的……类似这样的问题，其实迄今为止的文献上并没有

166

明确的说法。只不过有说仁清作品极尽精巧之能的；有说简直太好的；有说有一种说不出的高雅的，等等，对仁清作品的好处各说各的，漠然不清。并不是说各种说法没有说到点子上，但是这些说法都只不过说了仁清作品的一个方面，或者一部分而已。

但是我认为自己却能用一句话来说明，那就是仁清制作的陶器体现了庆长时期美术的所有优点、所有价值。

对于原本就不知道庆长美术为何物，不懂庆长美术的人来说，当然完全不可能理解这个说法，但是对于那些多少知道一些庆长美术的人来说，肯定拍案叫绝："嗯！就是就是！"

只要你看了庆长时代的屏风上的绘画，或者看了庆长时代的织物，或者看了庆长时代的人偶等，你肯定马上就会同意我的说法。

如果你脑海里浮现着庆长时期极端精致绚烂的织物和服饰等时看仁清作品，那你肯定不用谁解说就能明白仁清就是那些美的全体，就是那些美的集大成。这就是我认为仁清陶器之美就是庆长时代美术之美的缘故。看看仁清最近被认定为重要美术遗产的陶壶类的纹饰和形状等吧！只要看了就不得不感叹果真是庆长美术之美！在庆长美术中，有一个广为人知的个人作家就是仁清，他的存在代表了庆长时期美术工艺的最高水平。换一句话说就是，在陶器作家中，能代表庆长时期的只有仁清一个人，因此仁清作为代表声名鹊起。要是织物或者友禅等其

仁清作　蓑肩茶罐

他工艺美术的话，即使其中有仁清这么一个作家，他也很有可能只是一个无名的工匠而已。

仁清作为一个陶器作家，的确技艺高明，但此人是一个有着工匠气质的作家，不能说是一个只追求艺术的人。就是说是一个有着工匠气质的名匠。

比如画同样一种画，要是乾山画的话艺术性肯定更高。木米画的话也可以这么说。相比之下，仁清不管怎么看，不得不说都有一种工匠味道。但是，即使如此，也不能说作为陶艺作家乾山和木米水平比仁清高。

虽然有着陶匠气质，但本来就是名匠，而且还因为年代久远，所以从整个艺术和价值上来说，不用说都在他们两人之上。

不论乾山还是木米，虽然有着超人的能力，但总有点气派不足的感觉。没有任何办法，因为年代没有仁清早。

不太知道仁清的人里边，或许有人认为仁清就是一个超时代的天才，觉得仁清很神秘，看仁清就像做梦一样，但仁清并不是一个虚无的天才，也不是一个缥缈的超人。这点与光悦一样，他们都只不过是一个具有超越一般人才能的艺术家，而并非是什么令人叹为观止的天才。

只是陶瓷行当自古以来无聊无能的陶工很多，今天也是如此，过去也是一样。在这些无聊的陶工里，只有仁清鹤立鸡群。同样是艺术，在绘画方面，有名有能的人远多于陶瓷方面，相反的是有能的陶工很少。而仁清就像天上掉下的馅饼一样，恰巧各方面都超过常人，所以一下就出类拔萃了。因为制陶一开始就得与泥土打交道，很多人不愿意，所以人才本来不多。在这些不多的人里边，仁清崭露头角，鹤立鸡群。关于这一点，有必要向那些把仁清神秘化的人强调一下。

"仁清作品是庆长时期工艺美术的精品，与同时代其他工艺美术并无不同"，只要有这么个认识就没有问题。

特别是这款茶罐，因为最能表现庆长时期的特点，所以我愿再费口舌，把这一点强调一下。

（1936 年）

光悦手造赤乐云文茶碗

追款　山之尾

木箱落款　直斋

重量　一百二十六文目[1]

本阿弥光悦，永禄元年（1558）生于京都，宽永十四年（1637）八十岁死去。

其家祖辈以刀剑鉴定为业，而他却成一流书法家，并独自开创绘画和各种工艺的新天地。

1　文目：日本旧重量单位，1 文目等于 3.75 克。

光悦手造　赤乐云文茶碗

这款茶碗，是承传今日庵风格的原金泽人真野宗古宗匠秘藏的光悦所做赤乐茶碗。

在真野宗古宗匠的众多门人中，有一个茶老，叫太田多吉，号山之尾主人，是当时金泽最有名的茶人，而且人品和生活各方面也都无话可说。

有一年，真野宗古老先生要搬到东京去住，从故乡出发前，因为山之尾主人不但是自己的茶弟，也是至交，所以就把多年爱藏的这款茶碗作为自己不忘故乡的象征留赠给了山之尾主人。

后来山之尾主人因为种种原因拍卖过两次自己的收藏品，但这款藏品最终都深藏不露。

如此贵重的山之尾主人的收藏品，也是有缘，后来一个偶然的机会传到我的手上。对于我来说总有点觉得受之若宠的感觉。总之我现在承担着保护这款茶碗的重任，多少有些诚惶诚恐。

看了上述由来，应该就知道这款茶碗在很长的岁月中一直深藏在北国的天地之间。如果这款茶碗很早就出现在世间，毫无疑问，这款茶碗就不仅仅是一款茶人秘藏的密器了。

这款茶碗圈足附近的"光悦作"三字朱书，应该是直斋书。一看就能看出，这款茶碗气宇轩昂、格调高贵、技巧自然，如果一定要评定其价值，往极端里说，那么把这款茶碗看作此类茶碗中的王者也不过分。

当然这也不仅仅是我等的评价。估计光悦以后每个看过的人都是同样的感觉。现存光悦所做茶碗不少，但是其大部分都是赝品伪作，一眼就能看出来只不过是大致模仿了光悦的特点而已。能看出是赝品的理由就是，光悦本人所有的那种袭人而来的雄大之气、厚重心态、雍容体态等，在这些赝品上都看不到。

至此不得不说，模仿之类的被列为重要要素的艺术，其实与生俱来的东西也是首要条件，比什么都重要。天生有着某种艺术细胞，然后发展到应该发展的方向。所以即使做一个茶碗，制作者本人的真正价值也立即就表现在该作品之上，想藏也藏不住。

即使如此，我们还是不得不说光悦制作时应该从什么地方多少获得了某种灵感，然后在作品上如此成功地表现出了自己的性格、性情以及思想等。

有人说，光悦是作为桃山时代的精神出生的人。特别是他师法乐烧的道入，作品无疑也因此更是生辉。但是光悦到底是否师法道入，另外道入是否真的对光悦作品的性格产生了强烈刺激等等，有数不清尚无定论的地方。

但是，幸运的是有了一扫上述疑念的事实。不是别的，正是偶然发现的远在光悦以前的足利时代的志野烧茶碗、濑户黑茶碗等（美浓久久利村牟田洞山顶的大萱古窑），就像事先约好一样，其雄大的气宇明显绝不输光悦作品。这么说的意思是，大萱古窑发现的这些作品，我们只能感叹，在光悦出现的一百多年以前，果真有一个无名的陶工，在山绕四周的山顶窑厂，脚蹬山色，以天地之间唯己一人的气概，充满激情地创作。不论光悦还是道入，用这些茶碗喝茶时，也许都击掌称赞，觉得这正是自己追求的……然后把自己的性格或者心境等，不约而同地朝向了共同的方向。

即使不是这样，自古以来都认为黑乐烧是濑户黑变化而来的。这也确实有道理。黑乐茶碗创作的初衷也许就是为了做此窑烧的濑户黑的轻便烧。黑乐刚出现时，在使用上要比濑户黑谦逊低调十二分，而在吃茶上却因深含妙味，反倒确立了超过濑户黑的地位，也就是说在茶人之间受到重视，相反地，濑户黑却不得不接受自己已经无用的现实。这从进入德川时代以后，濑户黑茶碗除了偶尔有人拟古、个人制作以外，基本上已经无人生产这个事实上即可看出。

总之，如果一定要往前找，就必须从上述古志野以及濑户黑茶碗上寻找先验的感觉。喜欢光悦的人们，请一定要从这些地方开始了解。

本款作品有意思的是，巨大的碗体下只有一个似有似无的小圈足，不理不睬的。但即使如此，却稳如泰山，恰是不调和的调和的典型。就是说我们在这里能看到名匠所具有的惊异的能力，能发现名匠可期而不可求的大技巧。

我们特别应该注意的是，茶碗上嵌入了三处胆矾绿釉，形成了三块云形图案。这是这类茶碗从未有过的。这三块云的动向，随着刮板从下往上刮，与刮痕的粗糙气脉有着某种相通的东西，似乎更能给茶碗的景观带来必然性。

顺便说一句，木箱上的落款本为官休庵中兴之祖直斋所书，结合追款金泽的旧名尾山和太田多吉老者的雅号"山之尾"，鄙人改名"山之尾"。

（1933年）

乾山方盘

绪方乾山，字惟充，通称权平。另有号紫翠、深省、灵海、习静堂、逃禅寺等。宽文三年（1663）生于京都，宽保三年（1743）八十一岁死于江户下谷。光琳为其胞兄。他当初住在洛西鸣泷制作陶器，享保年间跟随轮王寺宫宽法亲王东上，初住入谷，后移居下谷，一直以做陶为生。

仁清、乾山、木米三人的作品中，仁清的作品大致都是自己亲自制作的。能看出木米在制作坯体时偶尔也麻烦助手帮忙。不能无视的是乾山实际上大部分工序都是让别人做的。事实上乾山自己到底在何种程度上直接动过陶泥，非常值得怀疑。

乾山的作品如果只看陶器本身，几乎看不出来他那天赋的、

乾山方盘

不可言传的才能。所以这些作品说明，我们不得不承认的事实是，仅仅陶器形态上的一点功夫，还有绘在器物上的绝妙之笔等，就是乾山陶器制作的几乎全部工作。

总之，乾山因为特别擅长绘画，是绘画的天才，他要是做陶工去捣鼓陶泥，他的手就有过于美丽之嫌。他如果从陶土开始制作的话，可以想象的是他那超人一等的绘画能力和书法才能，将与陶器本身更加相辅相成。

比如帝室博物馆[1]收藏的光琳和乾山合作的四方钵，陶器本身应该不是乾山自己做的。但是，即使如此，也不是说乾山作品全都如此，只不过是大致如此而已。

若要列举乾山作品的缺点，大致就如上所述。但是这里要介绍的这款木工风格的方盘，应该说属于例外，显然是乾山亲自动手从坯体开始制作的。首先背面泥土的削刮手法随意而熟练，显示出仅靠人的手指不可能做出的非凡个性。

乾山是那么会用刮刀，看他使用刮刀的功夫诚如看到心技畅快共动一样。特别是风情，在乐烧窑中烧出的陶瓷窑变实在是不可思议，而且类似常见于光悦或者道入作品中的疵口一般的层次错位等，更是令人感到有趣。虽然说是窑变偶成的，但不知为何却能产生如此令人惊叹的作品。

然后是白色的釉料，随着岁月的变迁，茶水像雨漏茶碗[2]

1　帝室博物馆：位于东京上野的日本国立博物馆的旧称。

2　雨漏茶碗：传入日本的高丽茶碗，经年使用后出现裂纹等，茶水逐渐浸入，形成漏水雨痕，茶人们遂称之。

那样呈斜线浸润，显出另一半别样的面貌，而雪景一样的色调，也令人称奇。周围的釉脱落，露出白陶涂层，看似染上颜色的虫眼碗[1]一样，也是绝妙无比。题跋的字，是其他陶人望尘莫及的乾山独特的有权威的字，酣畅淋漓，一气呵成，充分显示出书法家乾山的实力。

我在前边说过乾山很少自己动手从陶土陶泥开始制作。从一个陶工的心态或者对心态的调整等出发，虽然这也是不能随便否定或者肯定的，但我私下总是觉得，陶瓷之美，即便是个素烧陶器，也一定有它不可剥夺之美。仅仅是画个线条、绘个图案，这不是制作陶瓷器本来的工作。就是说陶瓷器在用图案等装饰以前，就应该把作者的个性糅合进去。在这个意义上，作为一个陶人，其真正的荣光应该覆盖制陶全过程。

乾山最常见的正方形盘、方形盘等大部分的作品如果去掉上边的绘图和文字，只当作一个没有绘图的大盘、没有绘图的方盘看时，到底从中能获得多少购买著名的乾山作品的勇气呢？

我们再回到帝室博物馆收藏的光琳和乾山合作的大盘上来，表面的光琳绘画果然潇洒，一点都不做作。人物的风貌也是如此。"寂明光琳"四字落款也是不变的光琳落款签名。相反地，背面的乾山落款简直是汗流浃背地书写的。似乎是为了

---

1 虫眼碗：古青瓷以及古伊万里烧等因为坯胎上的白陶涂层与坯胎结合不紧，烧后与釉一起脱落，露出胎土，形成虫眼一样的痕迹。茶人把这些虫眼当作景色欣赏。

弥补陶器本身不是自己做的不满，他绝不是不用心地，而是大大地，而且无所顾忌地写上"大日本国陶者雍州乾山陶隐深省制于所居尚古斋"。这么说，是因为这些字本身宿藏着不争的心理阴影。正因此，我们都不能明白，乾山在一般情况下写得那么好的字，那么有力的字，受到何种程度良心的苛责，却写成如此软弱无力、故作无聊的字。

我们回头来看照片上的盘子上的绘图和字。随便几笔，便抓住了竹叶特征的竹叶图，随意写成的清水出芙蓉般毫不做作的文字。我们从这些竹叶和文字上能看出乾山制作的陶器反映出自己轻松的心态和喜悦的心情。也只有这样，我们才能与陶人乾山促膝清谈吧。

（1933 年）

乾山的绘画与陶器

随便提起乾山时，世人要是不商量讨论，那么脑里反映出来的是一个画家，还是一个陶人，抑或既是一个绘画的大家，也是一个制陶的名人呢？

陶人的话有著名的仁清和木米这样的巨匠存在。乾山与这两人相比到底是否真算得上是一个陶人？

要让我来说，世人其实并没有从能明确回答上述问题的角

乾山方盘

度去看乾山，人们只是看到乾山的画便被乾山的画感动，看到乾山的陶器便赞美乾山的陶器。人们没有明确区分乾山到底是个画家还是个陶人，是因为很多人从很早以来就整天说"乾山，乾山"，所以普通人就像做同样的梦一样，无意识地记住了乾山而已。

乾山不像光琳，光琳是一个专门的画人，而乾山则是作为一个陶人而立。作为陶人，乾山绘画特别秀逸，自成一家，所以绘画作品流传也不少。实际上绘画当然也不容易，但乾山是一个专业制陶的人，陶器作品肯定很好了。作陶之余还作画吧……不可否认的是持这样观点的人很多。

虽然如此，但要判断乾山作品的真假，连有相当水平的鉴赏家都很难下结论。

乾山如果是一个只作画的人的话，鉴定家们就会按这个套路去鉴赏，但他作为一个陶人又特别有名，若只看画的话……就是独断的人，据说也不敢随便鉴定乾山。乾山到底是画好，还是作陶是本职，陶器做得好……因为搞不清楚，不知道乾山的本职，不好做出判定标准，所以有些人就觉得特别困难。在这样的情况下，显然鉴定师害怕下结论。

我认识很多花费巨款却买到乾山赝品的人。乾山的陶画比较朴实无华，而陶器本身也不好说不像外行做的。在这里露出贪欲便容易上当，因为其作品有些马上就能贸然断定乾山陶器不过如此的地方。真是的，乾山一辈子都没有做好一件本职的事情。所以他是根据自己每个时间的感觉，随意制作着作品。把这一点看作乾山的特点应该没有问题。所以说要想理解乾山，首先得涵养自己能看透乾山的心眼。如果只是喜欢乾山的陶画不会有进步，不能有陶画和陶器属于不同艺术这种不可理解的美术鉴赏眼力。

（1934年）

木米的世界

青木木米，名佐平，字玄佐，小名八十八，随后自己把八十八改成"米"字，再取青木的"木"字，号"木米"。

另外还有百六散人、九九鳞等号。明和四年（1767）出生于尾张的士家，天保四年（1833）六十七岁死于京都。

陶法师从奥田颖川[1]，在栗田口[2]筑窑烧陶。文政五年（1822）被命为青莲院宫[3]的御用烧物师。与赖山阳、竹田等有深交。

世人多有传言，说木米拉坯成型的陶器作品都是助手久太转辘轳做的，说得就像自己亲眼看过一样。我想否定这一说法。

---

1 奥田颖川：江户后期陶工，京都人，长于彩绘，做出京烧最早的瓷器。
2 栗田口：位于今京都市东山区。
3 青莲院宫：位于今京都市东山区栗田口的一家寺院。今不存。

木米作　金襴手壺

当然大概也是因为木米有各种学问，有学者风度，而且在各方面都有着特别高的见识和器量，所以不排除人们为了维护木米的至高形象，把木米从泥水沾身的转辘轳制作活动中解放出来的好意。

但是就我对木米的观察，木米根本不需要人们的抬高和怜悯。木米就是木米，木米有着追求自我世界的目标。就是说我们应该更深入观察木米所追求的那个世界。当然他有一个助手叫作久太，所以久太当然也帮着做了什么。但久太就是久太，木米就是木米，人不一样，做的事情当然也就不一样。现在的问题是，木米到底做到哪一步。

世人还说，木米做的茶壶，即使把把手倒立起来，茶壶也绝不会倒。因此就有人只要看见木米的茶壶，就一定玩这种轻功一样的把戏，然后连连点头称是，像小孩玩闹一样。还有更甚者，争先恐后地把茶壶倒立过来做实验，认为只要是木米的作品，茶壶盖肯定会勾住壶口边沿，不会简单掉下来等。

所以说木米的茶壶总是可怜地被人用这种外行的鉴定法鉴定把玩，都不知道什么时候要身处何种险境。

但是，即使这种实验是最简单的鉴定方法，那也是木米制作茶壶时为了实用倾注的一点用心，我们只需要肯定这一点即可，不用说这绝不是木米陶器艺术最重要的特点。

我们看木米的这款"金襕手"，首先坯体上的红釉的涂抹方法有着最为显著的特点。给人的感觉就是毫不讲究、不管浓淡，只是随随便便用笔胡乱涂抹。如果这是用普通的手法涂抹的话，当然要保持浓淡平均，谨慎涂抹，这才是制作好陶器的最一般的手法。

木米用这种无意识的超级技巧涂法，大胆地随随便便涂抹看似低等级的彩绘陶器，与其说这是他最为擅长的手法，还不如说是他个性的自然流露。这是一种仅限于木米个性而被认可的技法，应该称之为无法之法。这种木米独特的涂抹笔法散发出的美感，本身就有自然的风韵，能令观者长时轻松愉快。

木米个性天真清净，所以他的笔致没有怪味，没有无聊的调整，没有僵硬的取舍。这里有的只是一直被木米表现出来的个性的真实样貌。我觉得若同时把这看成是木米超越自己独特的南画后个性的集大成，就没有任何矛盾，就能痛快肯定了。

然后是木米使用的彩绘原料质量上承，实在是很特别的。我想说的是，如果不是这样，就算用尽其他手段，也不可能会烧出这么好的颜色来。这么好的原料他是从哪儿，用什么手段弄到手的，今天我们当然不可能知道。一般人都认为是通过精研细磨铁丹，从而得出想要的颜色，但如果真要这么做，因为配合的原料所含石英质地多少有别，总是不可能得到想要的颜色，结果就成为给人的感觉像糖果的光泽那样的软弱轻薄的色泽。

我个人觉得，木米的这种原料应该是通过其师匠奥田颍川得到，然后加上了自己的某种特别的操作而成的。良工选良材。如果不是一个真正的良工，即使有良材也不可能表现出其好处。在这点上，不论仁清还是保全，确实都是一致的。只有这样，他们的工作才能真正璀璨辉煌。

　　这款作品我们特别应该留意的是画在金彩上的细线的妙味。敦厚畅达，古朴素拙，而且笔调稳健，前无古人，总之令人不知如何赞美。

　　木米这个人似乎都在肚子里扎扎实实记着。所画线条每一根都活生生的，与一般凡人费尽心机画的线条以及其他枯燥乏味的作风完全不在一个层次。一条线本身就决定了美的价值的高低。假说木米的作品上画了什么或者涂抹了什么，那么通过那些笔触和笔情触及木米的心情，应该是我们赖以决定该作品真正价值的唯一标准。我真是觉得，像木米的作品这种个性味道很浓的作品，如果不看作者的真实个性，那么说到底是不可能品味该作品的真实美趣的。

　　这款陶器有很多地方能看出木米本人的痕迹。往茶壶把手内部轻轻灌进釉料，灌到大约一半的地方停下，然后简单涂抹红色涂料使之停止，而且好像从客人的角度看小心不要影响观瞻等。他的随机应变，效果至上等做法，都是他个性的发挥，而且也是除他之外很少看到的。

　　我们再来看壶底部。一部分胎泥堆成很小的两层残存，我认为这如果是木米的意图的话，这是不甘于按常识用刮刀。随便看一眼的话，好像是什么都没有动，但其实他是把偶然形成的这个现象马上活用，用作陶器的一种景观上的条件。这种临机应变的机智，体现了木米的天才面目，令人瞬间遐想，不禁会心一笑。

蔓藤草纹饰的金泥也涂抹得浓淡自在。一般的话应该是像贴金箔一样，精心地涂画金泥，但他却似乎特意不那样做，甚至从开始就不去注意那些地方。所以这里也发挥了他天真的个性。实在是自然的、随意的、天然的，不，是仅仅把单传的陶法，在极端的意义上干脆利落地完成而已。他到底是一个有着何种特异性的"陶工"，我在这里还要再好好观察。

（1933 年）

奥田颖川作赤吴须[1]小钵

今泉[2]在书中说"奥田颖川名庸德，通称茂一郎，又称茂右卫门。颖川为其号。别号陆方山。享保年间住五条大黑町从

---

1 赤吴须：福建漳州产五彩瓷。日本称青花色料为"吴须"，称五彩或红彩为"赤吴须"或"吴须赤绘"。
2 今泉：从此文写作年代推断，当为今泉家第十一代今泉熊一（1873—1948）。今泉祖先为江户时代今泉今右卫门，肥前有田（今佐贺县中西部）陶瓷彩绘师。家族代代为锅岛藩（今佐贺县）窑彩绘师。锅岛烧名家。

事制陶", 另有"师从清水海老屋清兵卫, 自成一家, 善仿中国古陶瓷, 深得其妙, 至其精妙之作, 几不辩彼我"。但这种说法大概是今泉的粗心。为什么这么说, 因为颍川和中国的陶瓷器彼我辨别非常清楚。今泉还说"及至其中吴须彩绘, 若无款识, 无论如何只能看作中国陶瓷器, 其制作之精良可见一斑"。这一说法我们也不能苟同。而奥田诚一在颍川赤吴须说明文里所说"其笔力劲健、笔法奔放, 为中国吴须彩绘所遥不可及", 则深得我等赞赏。

颍川的特点在于格调高。说六兵卫[1]、道八[2]等人好或者不好其实并没有什么了不起, 因为他们大致格调都比较低。而颍川的作品, 估计没有几个人能明确回答水平在木米以上还是在木米以下。颍川的作品就是这样的。木米格调高人人都知道。而作为木米的老师, 也是木米的师匠, 以为颍川的格调也是如此之高, 所以木米从一开始就被颍川格调所感化, 受到极大好处, 这对于他天才能力的孕育, 不知起了多大作用。恰好就像铁斋从小受到莲月尼[3]的熏陶那样。

事实上在我们看来, 颍川是一个能创作格调高雅、制作精良作品的伟大艺术家, 而不是一个普通的陶工匠人。我没看过

1　六兵卫: 京都清水烧陶工清水六兵卫世袭名。初代清水六兵卫为江户中期京烧代表陶人之一。后世代单传, 现清水六兵卫为第八世。其所作陶器也被称作六兵卫。
2　道八: 京都清水烧陶工高桥道八世袭名。初代高桥道八为江户后期京烧代表陶人之一。后世代单传, 现任道八为第九世。其所作陶器也被称作道八。
3　莲月尼: 指大田垣莲月, 江户后期尼僧、诗人、陶艺家。所做陶器被称作"莲月烧"。

颖川作　赤吴须小钵

多少颖川特别好的青花瓷，所以虽然下结论还太早，但我觉得颖川大概在青花瓷上没有多大成就。但是他的吴须彩绘瓷器，却非常了不起，应该有很强的创作能力。

永乐保全显然也很擅长模仿赤吴须，也流传下来很多做得很好的作品，但大致都是复制的名作，创作能力不大。

但颖川却不一样。首先能看出他费尽心血调配出万历彩瓷釉特有的淡白色半透明厚釉料的痕迹，然后还能看出他成功调制出既不输仁清、也不输乾山，相比中国大盘所代表的红色也毫不逊色的所谓"赤吴须"红颜料的痕迹。

颖川以模仿中国明代出现的赤吴须中有名的大盘或者类似的当时廉价的彩绘瓷器为宗旨，他的体会之深厚宛若附体，但他似乎并不想完全复制样品，瓷器的形状和彩绘等，能看出来他都进行了大量随意的改变。就拿这款小钵来说，这种形状的小碗，中国是没有的。

颖川是一个把中国明代赤吴须的"心"完全掌握的人，这一点他绝对不会放弃，但在手法上，他却完全自由。所以他的作品即使如何模仿精妙，也不会产生不分彼我那种暧昧的情况。那么中国明代的赤吴须钵到底是一种什么瓷器呢？那是颖川的模仿对象，是颖川的老师，但也是当时作为量产品无意识制作的、能盛中国汤面的容器。而颖川模仿这些的作品，则是具有见识的个人艺术之作。个人作品的权威，其制作意识和技术，需要不容他人追随的天分。现在我们看颖川的工作，第一是胎泥活，第二是对釉料的研究，第三是制作彩绘色料，其彩绘能力、书法才能等都表现了颖川不容他人简单追随的权威。其了不起的地方表现在很多方面，有着相比木米更了不起的地方。木米有着多种多样的模仿才能，颖川则只需要取其中之一就可以巍然屹立。由此也显示了他人格的富饶多彩，直接感动着人们。

（1933 年）

从陶器个展看作家们的风味

这个秋天又有幸观赏了河井宽次郎[1]先生每年都在东京高岛屋举办的新作展。河井先生这些年水平越来越高，逐渐进入轨道，其美感似乎轻松增加，对鄙人来说也有很多值得学习的地方。

但是人本有的特点是无法改变的。河井就是河井，滨田[2]就是滨田，富本[3]就是富本，各人都具体表现了自己的个性和爱好，这些个性和特点令观者大饱眼福。

不论谁干什么，除了他自己的个性以外，还有成见这种东西，很顽固，紧紧缠绕着你，不容易摆脱。这种东西有些情况下会带来好的效果，但有时也会是附体恶灵，缠绕你一辈子，

1　河井宽次郎：陶艺家。雕刻、设计、诗、书、画、随笔等都有建树。

2　滨田：指滨田庄司，陶艺家。留学英国，与里奇深交。被授予人间国宝称号，并获紫绶褒章和文化勋章等。

3　富本：指富本宪吉，陶艺家。被授予人间国宝称号，并获文化勋章等。

让你不能自由。要想不被困扰也是不可能的，所以各人会发挥各自不同的特点和色彩。在这个意义上说，上述三人虽然大同小异但也各有特色。而对这三人产生或大或小影响的是一个英国人，叫作里奇[1]。此人也有着与众不同的眼力。现在没想到又出现了一个迟到的鄙人，而且是十五年后才露出真容。鄙人的出现令世人莫名其妙。至此，只能是越发多才多艺，越发热闹有趣了。

虽然知道上述四人每人特色不同本来没有什么不可思议的，但令人刮目的是，鄙人暂且不论，其他四人个个都是不在乎传统茶道鉴赏的。他们轻视日本最高的境界。这里虽然明确说是"无视"也没有什么大不了的，总之他们对于茶道鉴赏没有关联，也就是说对作为美术鉴赏的基础，孕育了三四百年的茶道鉴赏基本不感兴趣。这一点明显表现在各人的作品上。

既然与茶道趣味没有关系，那么在说他们会做出什么之前，我们不得不考虑的是，他们为何不吸收茶道鉴赏？他们到底是以随意的推测为理由否定，还是并无特定原因仅仅是标榜偏见……这些都有必要搞清楚。在我们的眼里这些都是从谬误产生的局限。而且如果说虽然是从某种理由出发否定那还说得过去，但或许仅仅是因为莫名地感到茶道等啰里啰唆就有意回避——因这种粗鲁的感情便抛弃茶道鉴赏——如果仅此理由

1　里奇（Bernard Howell Leach）：英国陶艺家、画家。多次访问日本，参与白桦派及柳宗悦的民艺运动。

的话那就很遗憾了。那么从坚持这种态度会产生什么，又是根据什么开始的等，我们似乎只能简单地在时代的潮流和现代的氛围里找原因了。

因此说现代人们感兴趣的地方，就如现今流行的现象那样，在与吸收西洋趣味步调一致之处，也在抛弃传统日本趣味之处。一部分人称此为创作。包括日本画，也能看到同样的现象，令人哭笑不得。

但是以涉世不深的年轻人的趣味来看，喜欢这些东西也是一个当然的结果。招致不知这个缘故的茶道人的嫌弃也是无法，但被这种新人们看作守旧落后的茶道人的悲剧，也是咎由自取。

所以上述陶艺作家们以投新人所好为创作宗旨，苦心努力，下新功夫。也就是新舞姿。新舞姿无论怎么看都没本事，是通过蓝眼睛看的怪日本。但话虽如此，却也并非都是荒唐无稽。

就是说少有朝鲜色，少有丹波色，少有濑户色，少有九州色，或者说也少有西洋色。

但是他们一般都特别留意被称作低俗制品的器物也是事实。低俗制品之美不需要烦琐的教养，谁都能直接欣赏，能很快被大众接受。在这里我们暂不评论高雅粗俗的高低，但是所谓的高雅不可否认是一部分陶艺作家的偏食。鉴赏上的偏食使得鉴赏趣味成为病残。低俗制品好，高雅制品也好。山珍海味好吃，粗茶淡饭也好吃。就像吃过所有的食物才能有完整的味觉和营养一样，从偏食出发的美术工艺制作也只能是病态的、虚弱的。不可能希望它会成为健康的美颜。不是自夸，鄙人就是以这种心态试吃各种各样的食物，希望增进自己的健康。但是，要吃尽世界上所有的食物谈何容易？也不知何时才能吃尽。鄙人如今也只不过是在半山途中。现在来看，似乎还是以日本味道为主要营养能维持健康的身体，为此我感到欣慰。在这种情况下，鄙人的工作就是吸收欧风的长处，使其日本化。不管怎样，与把日本的长处欧风化的人是没有瓜葛的。

（1938 年）

河井宽次郎个展观后感

今年又在高岛屋参观了你的陶器展。那天你似乎没有在场。

不是我又犯了老毛病，想到什么说什么，而是你的作品泥土活显然不怎么样啊！至于圈足，简直就不像个样子。

但是要说新创的釉料，这可一直以来都是你的拿手好戏，真不错！到了这个地步，希望你以后一定要新创古雅侘寂的釉料。

而你的作品里已经含有朝鲜李朝和英人里奇、柳宗悦两人的成分，这对今天的你来说可是灾难啊！

这三种影响当初对你来说也是有好处的，但今天却成了灾难。现在就改邪归正，变换方向怎么样？

还有，说几句不该说的话，你的绘图能力，还需要提高再提高啊。绘图一事，看来你相当吃力。我一直觉得你应该好好学习绘画和书法。

我在你家，只见过你一次，告辞时对你很有好感，觉得你品位高，人诚实，也年轻。

而且更重要的是觉得你在现在的陶艺作家中是一个少有的具有艺术家气质的人。

参加帝展工艺展的陶艺作家们太差了。虽然一个个身穿正装、装模作样，但怎么看，做陶的时候肯定还是一个工匠。虽然多少也还是有几个例外。

但在他们中，你，还有滨田君、富本君两人，都有艺术家气质，很不容易。这一点是根本性的。

但是，世上很多人把艺术家的工作和工匠的工作混为一谈，令人哭笑不得。

河井君，陶器的事情说到底是泥土活。斗斗屋茶碗[1]能卖高价，古备前值钱，南蛮陶瓷器受欢迎，都是因为陶土好，泥胎活好。如果泥胎活决定一切，那么其实不要彩绘，不施美丽的釉料，欣赏的人也会欣赏，也会置于所有陶器之上。即使绘上彩绘，施上彩釉，最终坯体的泥胎活还是决定性的。

我不客气地说，你，还有滨田和富本两人，对泥胎活非常不注意，非常粗心大意。而且字也写得不好，绘图也不行。但是这次在高岛屋看到，你画的草似乎已经很像个样子了，如此

1　斗斗屋茶碗：一种高丽茶碗，亦称鱼屋茶碗。一说是因为茶人利休从鱼店发现，另一说是因为本为商人斗斗屋所有。

继续下去，滨田和富本就不是你的对手了。你就这样继续做的话肯定能取得大进步。但是如果绘画能力不提高，那很不自由。同样的图，既绘在壶上，又绘在盒子上，还绘在茶碗上，什么上都绘同一种图，你不感觉到不安吗？特别是很多作品一起陈列的时候，看着很不体面嘛。话虽这么说，但假使你一直这样，那也是你的做法，没有问题。帝展参展展品那样的东西，即使很无聊乏味，总有喜欢的客人，世上糊里糊涂的人多的是。

因为我觉得你跟他们不一样，所以我希望你能更上一层楼，成为更高层次的艺术家，然后咱们能共话陶艺。你自己想想吧。你，还有滨田和富本两个人，要是有水平的人一直不指点你们，就这样一直下去的话，肯定成了六十岁老人，还像现在一样做的是年轻书生喜欢的作品，这一点我很担心。

现在你的作品说来说去还是因为年轻所以才能被人认可。你到了六十多岁了继续做这样的东西试试，那可不是一般的丢人。

所以我希望你能消除掉已经染上的那些影响。仓桥君似乎也很在意这点。不是说要你们一定要停止一心一意复制民艺。因为要追求什么，总会模仿复制什么，那么就把世人公认的名作名品，通览一遍，扩大模仿复制的范围如何？因为在一个地方持续工作十年二十年并不一定就没声誉。

毫无疑问你温柔的性格是很美的，但对于一个需要创新的人来说就有点显得太弱了。

总之，要是听到比你的鉴赏眼力还低的、幼稚无聊的赏玩家吹捧就飘飘然那就糟了。说实话，称赞和购买新作品的人都不是真懂陶瓷和绘画的人，不能全信他们。证据是真正懂的人很少买新作品。还有那些没有施釉，没有彩绘，但按分量却比纯金还贵的陶器。纯金的价格先不管，假如有这样的东西，那还是应该好好看看到底是什么东西。

这样回顾一下自己迄今为止的工作，认识到自己的年轻和幼稚，重新审视作为一个陶艺作家的自己，能做到感慨至深吗？而且你既然作为一个个人作家，我希望你能把作为个人作家鲜烈地流传下来的你的前辈作家们的作品，至少把光悦、长次郎、道入、仁清、乾山、颖川、木米这几个作家的作品都认真鉴赏一遍，深刻体会一下他们做了什么工作，因为什么特点而流传百世等。

（1933年）

河井宽次郎近作展观感

　　河井宽次郎的制陶到底还是走到穷途末路了。作为一个陶艺家河井在大正八九年前后就取得了巨大成功，从那以后至今，他长期坚持陶器制作。人很好，没有工匠习气，平易近人，所以备受弟子们崇拜，他的作品也受到一部分新爱陶家的推崇，时至今日，毫无疑问一直是一个受人尊敬的老陶家之一。

　　然而他的制陶水平却丝毫没有进步。不但没有进步，反而一直在退步。其原因虽然不得不说与他的天分有关系，但最大的原因还是因为他几十年来什么都没有学习。周围全是吹鼓手，他自己也心安理得，不思进取了。最近在高岛屋看了他的作品展后非常吃惊，简直就是黔驴技穷，像睡着了一样不像样子。我们可以看出他视野狭窄，放弃对美的追求的天罪。他不知道保持晚节不仅是让自己幸福，还会给后辈无限的优良影响。最近他的作品已经完全不行了，没有任何可取之处。对于多次展示会显示出的朝气丧尽，他自己肯定也能感觉到。我本想建议他今后孤注一掷，但显然已经不行了。这可以看成早期被世人吹上天的大红大紫的人的可悲结局。没办法，我从此将不得不舍弃此人。

话虽如此，令人绝望的陶艺家何止你河井宽次郎翁一人？以六兵卫父子为首的所有有名作陶家无一例外，所以并不是我唯独对你一个人失望。

（1952 年）

座边师友

　　孔子教给我们与益友交往的好处。谁天生都会感到这一点，但被孔子那样的人明确地一说，人们就会更加觉得确实如此。但是，是不是益友被限定在在世的人上了？世人大都认为，受益的人本来就应该是在世的人，而授人以益的本来也应该是在世的人。但是，鄙人觉得把益友仅仅限定在人上，却有些太理所当然、太肤浅了。

　　我曾经参观过在银座的百货店举办的明治以后广为人知的著名作家们——也就是一流文人们的居室、书斋实景以及遗留品展览，在我的记忆中，他们简单低调的生活令人惊讶。除了书斋以外，作为文豪，装饰在居室里的那些美术品、趣味品等，竟然看不到一件有价值的东西，真是令人心情复杂。

　　就是说他们座位边没有无声的益友，或者说他们竟然允许恶友坐在自己身边。有点陈旧的形容，就是说森罗万象的事物，只要有美的内涵，因人感受而异，那就没有不能变成益友的。而过去的人，也就是我们的先人们遗留给我们的无数美术品艺术品，指着这些说是益友合适，还是敬仰为师正确，根据自己的见识取舍即可，总之古人遗留下来的艺术品大多位于高不可攀的位置，闪烁着耀眼的光芒，值得我们惊叹观赏。以感动的心态观赏，这些就会成为养育自己的父母，提高自己品位的神佛。

鄙人是一个对这点多少用了一点心的人。我主要把自己浮沉在味觉世界，有些限定了益友的范围，虽然不能说没有一点后悔，但在没有把益友限定在人上这一点上来说，多少还是给我的极乐生活带来很多好处。

刊登在本刊（《独步》）每期上的"座边师友"，说的都是美的小物件，而且都是免于被典当或被偷掉而勉强残留下来的那么一点极为穷酸的东西，但这些小物件不论大小，都给我的作品或者其他各种行为产生了某种影响，是我的良师。就像不存在没有诀窍的变戏法，任何人都有他的诀窍教本。

最近常听说年轻做陶人很活跃，衷心希望他们能多交良师益友，受到良好的刺激，给没有起色的制陶界带来新风。只知道转辘轳，是做不出来名陶的。

再次重申一下，想要从事绘画、雕刻、制陶等的人，重要的首先是要获得艺术上的良师和益友。但是在在世的人中要找到一两个良师会有各种障碍，而且益友也不容易遇到。再说，你就是找到，从一个两个人的经验上能获得的教益是很有限的。

从前没有印刷技术和复制绘画技术的时代，也许没有师匠真是什么都搞不成，但是今天几乎可以不需要了。在这个意义上说，从古人中寻找良师益友才是上上策。

另外，还有人会说没有钱，身边怎么可能会有精美的艺术品。但这其实不是钱的问题，仅仅是因为自己不热心所以才收集不到。人常说物因喜而聚，还有一种说法是识货者遇真玉。自己说虽有些自夸之嫌，但我二十岁前后起就在庙会等场合一点一点收集小东西，后来到东京后，租住的二层房内摆满各种东西，不是用的，都是觉得好看才收集的，当然也不能都装到行李箱底，所以打扫卫生的老太太当时很不高兴。几年后编了一本《古染付百品集》，都是我自己一个人收集的。当时很少有人对陶瓷器感兴趣，各种陶瓷器到处都有。而当时我其实囊中相当羞涩，那是星冈茶寮时代，正月过年也只有十元十五元零钱。就那样也慢慢收集了很多陶瓷器，这都全凭"喜欢"一词。

今后想成为个人作家的后辈们，应该努力在自己身边放满古老的精品雅品。哪怕是一块陶片、一个破碗，不用在乎那些。特别是修身养性，要涵养自然之美，观赏山川河流又不要钱。瞧瞧山，看看水，爱爱花就行。在上述这个意义上，我在自己的座边多少有些良师益友。但是要给富豪的家里装饰的东西当然连一块瓦片都没有。

（1952 年）

青年人应该多拜良师

艺术方面，要想在在世的人中找一人拜师是很不容易的。就是有一个前辈，可是那人也许偏向某个方面，而且很容易被局限在某一个方面。这样的师如果只拜一个两个，只向他们求教，那以后肯定后悔。

比如说一个绘画的青年选择拜梅原[1]、安井[2]为师，或者师事古径[3]、靫彦[4]，不管选择师事谁，都会失去真正的自由，限制自己的视野，坠入不得不失去选择的自由和追求自然的陷阱。如果对此还不会后悔，那只能是本来没什么追求的人而已。我斗胆警告追求艺术的年轻人，如果你们想寻找自己应该师事的大师，至少首先应该关注两百年前、三百年前的美术品。然后

1 梅原：指梅原龙三郎，油画家。昭和时代一直君临日本油画界的大师。

2 安井：指安井曾太郎，油画家。与梅原龙三郎并称为"日本油画双璧"。

3 古径：指小林古径，日本画家。帝国美术院会员，获文化勋章等。

4 靫彦：指安田靫彦，日本画家、能书家。日本美术院第一任理事长。获文化勋章。

再关注更早的，五百年、上千年、两千年以前的时代的大量作品。了解那个时代的人们是如何观察通天贯地的自然之美的，是如何不违背自然规律，顺其自然创造并留下那些美的艺术品的。硬是要去找那些还在世的人为师，准备这准备那，花钱费力等，都是对自己的人生还没觉醒的表现。

　　具体到做陶一事上，应该学习无釉时代的制陶技能和精神，然后再学习五百年前、一千年前、两千年前，或者更早更早的时代的技能和精神。应该学习的作家不论绘画，还是雕刻、工艺等都有无数。古人远比今人纯朴，就像幼儿一样，日出而作，日落而息，过着纯朴自然的生活，所以他们当然能做出富有自然之美的作品。

　　我要说的就是，应该以这样的古人遗留下来的作品为师。有什么理由要向今天的老师学习艺术呢？即使被束缚也必须跟着一个师傅学习的时代已经过去。我们有古代的艺术品。看照片就能看到全世界的美术作品。印刷品也教会我们世界上的万事万物。没有必要只拜一人为师。

（1953 年　原文如此）

关于雅美

动物不可能像"人"一样懂得"美"的世界。

意识到美，有意识吸收美的"人"的生活，是上天的恩赐，不是谁教的。就是说这是上天赐予的奇迹。但是同样是一个"人"，也有那种只能过着极端没有美的生活的人。那是因为上天恩赐给他们的太少。

在逐渐看多了远在五百年前、上千年前、一千五百年前的古代美术和艺术后，不知从何时开始，我得出的结论是，日本的美术和艺术比世界上任何美术和艺术都富含超凡性，日本人的国民性和人品以及心灵活动都优异非凡。大概正因此，总感到日本的任何东西都深有其味，格调也最高，当然背后的光彩也最为强烈。不论绘画还是一般的工艺，任何方面都是如此。

出产在日本以外的东西，总是含有某种理性，缺乏能完成超常识的、大胆的，或者超出想象的工作的天分。

第一，"雅"——丝毫没有艺术上不可或缺的雅致，或者说风情，或者说风味。

朝鲜的还能看到几分"雅"的种子，但是可惜的是没有把那些种子培育长大长高的器量，所以最后只能以俗雅、俗美而告终。

中国本来干什么都是风采之国，所以外表打扮看起来很漂亮，但在艺术上流传后世必不可少的灵性却稍显不足，诸如魅力之类的，与日本的同类相比就有差距了。至于"雅"的风情则更是绝无仅有。

雅的要素不是理论所能做出来的，也不是理性所能创造的。雅的要素是一种基于国风和人格而产生的不可思议的味道。总的来说是日本民族中了地球上的大奖，是上天赐予的褒奖。

你去山城¹和大和²地方看看，很普通的一般人都知道单瓣山樱比奢华的复瓣晚樱有风情，也有品位。就像能看出清水的纯美之处一样。

知道日常生活中什么是雅，什么是美，欣赏那些雅和美并用以生活的人，即使生活困苦，也有富裕的心态。他们有精神上的余裕。与虽然有钱但心态困穷的人相比，应该幸福几倍。说好听一点就是精神上的富有。

1　山城：旧藩国名。今京都府南部。
2　大和：旧藩国名，今奈良县。

尽情观赏白雪、明月、鲜花等自然之美，并不需要花费十块八块。只要有欣赏自然之美的心态，那些美就等于是自己的。

雅美不是购买价值几万的茶碗，也不是建造价值几十万的殿堂。甚至可以说，那些事情常常都与产生不纯动机的俗事多有瓜葛。

居陋巷而不改其乐也可。"浴乎沂，风乎舞雩，咏而归"[1]也很风流。中国古代士人也有很多值得礼赞的地方。

我们不得不说，如果曲解雅美，把雅美理解为奢侈，理解为慢条斯理，那也就太轻率了。

（1938 年）

1　语出《论语·先进篇》。

淘倒古董是万病之源

在古美术品行当，很流行淘倒古董。想尽办法低价购入，高价售出，甚至梦想能一掷千金、万金。这是一种很坏的倾向。

淘古董这件事一定不能入迷。对美术品的艺术性感兴趣是件好事，但为了利欲而去淘古董就已经目的不纯，对自己的身心也是有百害而无益。这可以称作是一种"俗欲"。千万应该警惕不要沉溺于俗欲。

这种淘古董主义，最终一定会对别人的东西，别人的爱物产生兴趣，想方设法、千方百计要搞到手，因此就会生出各种问题。

所以还不如就按普通的市场价值，堂堂正正地购买，这样做更好，对自己的身心健康也好。希望自己身心健康的人，不能失去这种态度。

不拘泥于低价淘宝，有缘则买，无缘便罢，只要有这种心态，就不会有身心的疲劳，对身心健康也好。比如说看到某种东西，就不会产生问价钱前表示欣赏价格就会被抬高之类的烦恼。这样的话就没问题了。说实话，十多年前我也对低价淘古董很感兴趣，但现在早已没了兴趣。

物欲就是财欲。物欲附带着赔赚，令人不齿。值一万的东西就掏出一万来，值一千的就掏出一千来，理所当然。

最近我的兴趣也有些变化，仅仅古旧，但是无名的东西是不能满足的。不论字还是画，古代的而且是伟大的人物的才有看头。而且对佛教美术更是独有钟情。这不是说作者的落款等如何，是很有教诲。所拥有的好东西多了，佛教美术的世界也就知道得多了。伟大人物的作品教给自己的东西很多，这些作品已经不是友人，而是自己的先生了。

（1940 年）

观 "明古青花瓷"

青花瓷在距今五百年前左右的中国[1]明朝完成。在那之前可以说你就是想看到如此清爽的精美陶瓷实际上也是看不到的。这么说大概没有问题。

那么在那之前到底出现了什么样的陶瓷器呢？首先是官窑烧出唐三彩，然后到了宋朝出现青瓷和彩绘等，另外其中还有巨鹿这种极为出色的名陶瓷[2]，但这些陶瓷器总的来说都是偏重意图，釉料种类和施釉法虽也绝不是没有下功夫，但是还没有做到像新出现的青花瓷那样有清澈透明的美感。

青花瓷当初制作成功、展现在人们面前时，当时的中国人到底是以一种什么样的惊讶和兴奋的表情来面对的呢？到那时为止某个地方的某个人肯定为了制作出这样的瓷器精心钻

---

1 因为时代原因，原文此处用其他称呼，译文修正。下同。
2 指 20 世纪 20 年代在河北邢台巨鹿镇发掘出土的磁州窑系列瓷器。

研，但制作成功后，人们肯定做梦也没有想到会是如此精美的瓷器！

迄今为止做梦都没想到有如此光亮清爽的青花瓷，而且是高温强火烧制的瓷质器物，其光泽、釉色都是迄今为止的陶瓷器不曾有的——此外，还有随心所欲的造型，随意的绘图图案，几乎无限简单的青花色料——不知当时的人会如何感动、兴奋！

而且这种惊喜和赞叹没有局限在中国，很快就传到海外，青花瓷也出口到外国，当然也受到位于东邻的我们日本人喜爱。无数的青花瓷也传入了我国。青花瓷最大限度地鼓舞了明王朝以及当时从上到下的各界人。

当时的人们观赏青花瓷后心情定然是豁然开朗的，恰如白昼冲破黑夜突然出现在人们面前。甚至也好似从早到晚只能看到草木深茂的大山的人们面前，突然敞开了一面大海一样。

如此这般，在明王朝出现的青花瓷，也由明王朝自己完成了。的确，青花瓷的生命仅限于明朝一个时代。明代三百年之间出现的青花瓷，在所有方面艺术性比随后任何时代的任何青花瓷都高。清朝以后虽然也一直在试图复兴青花瓷，康熙年代、乾隆年代都不遗余力制作青花瓷，但是与所有其他艺术一样，毕竟受因袭所限，只在技巧上的狭窄范围发展，就是仅限于对技巧的不懈追求，演化为无精神的形式主义。其结果，只能受到艺术上浅薄的老外，或者说理智的白人喜爱，被他们购买。

我们国家也一直模仿、仿造。比如九州的有田、伊万里，加贺的九谷，以及京都的京窑等，一直在模仿追求，但是因为国民性不同，原材料入手困难，年代不同等原因，结果还是没能仿造出超过明代的青花瓷。青花瓷无论如何超不过明代——这种慨叹之声虽无人说出口，但却人人心知肚明。

此前，多少理解了青花瓷真实的不过木米和保全等两三人。

当然在波斯，在比明代青花瓷稍微早一些的时候，同样用钴蓝制作了与明朝的青花瓷在艺术性上有一拼的陶瓷器，虽然质量和制作意图不同。这并不具备与明朝的青花瓷对比的性质。就是说这些作品制作当初就与明朝青花瓷的制作意图明显不同。

明代的青花瓷，通常我们称之为古青花瓷。我们把话题说回来，就是古青花瓷到底是一种什么样的瓷器？

不过我本人属于那种不喜欢以文献为根据来看事物的人。如想直入事物的核心，其实文献并不能帮多大的忙。或者说更多的情况下，以文献为根据考察事物，反而会影响直接观察事物的真心和眼力。这种情况下以文献为根据观察事物，文献使用得再好，也只不过是为了抓住事物核心而采取的一种权宜办法或技巧而已。用手指月，可是却只看见手指，看不见应该看的月亮。我在这里的解释，或许在无意间会有很奇特的独断，甚至会有不应该有的傲慢和不逊，但是我自己是没有什么特别的意思的。我只是想如何才能触及事物中心的生命，仅此而已。所以即使说把什么很有来头的文献和山中商会宫先生秘藏的有唐太宗款识的青花瓷香炉放到我眼前，我也不能随便就承认这表示远在唐代青花瓷就已经烧制完成，或者说相反——即使如此，我也只是自己专心观察直到自己理解。

所以我说古青花瓷——为了回答这个问题，容我如此称呼明代的青花瓷器。就算是以含铁的颜料描绘，染成茶褐色，仅做到与青花颜色不同，或者说材料和制法如何一模一样，这类瓷器也要从古青花瓷中分出去。这其实并不难，只不过是一成不变地强调我们国家一直以来的概念（就是仅限明代青花瓷器），只要这样做就行。而我在接触古青花瓷作品的时候，常用"这是明初作品""这是明末作品"之类的绝对性语言断定，但其实并没有什么客观的证明材料，都只不过是以我自己的经验类推出来的而已。但所有事物没有一个是偶然发生、发达、变化、消灭的，其中必然有最为顺从地接受某种因果关系支配的真实内心，这种内心使得那种变化的经过一直处于一种合理的范畴。如古青花瓷的初创期、发展期、终末期等一样，其实各期间区别非常明确，恰像我们看一个人一辈子从幼儿期到青年期再到成年期一样。我敢于把古青花瓷生命周期仅限于明朝一个时代，其理由是古青花瓷确实在明朝这一个时代燃起了万丈的气焰。而重要的烧制地则是景德镇，而且是以皇室御用窑为中心的。

　　所以说陶土无疑应该是来自距该地不远处。问题是色料，本地的被称作"吴州"，通过波斯回教徒入手的钴蓝叫作"回春"，从婆罗洲或苏门答腊一带进口的叫作"苏泥勃青"[1]等，这些需要考证的事情对有着轻视文献毛病的我来说是不可能做到的，而且今天即使你搞懂了色料的来源，也没有什么大不了的。因为那是明朝三百年之间的事情[2]，钴蓝矿石要么是本地产出的（据说为现在的云南省出产），要么是波斯传来的，要么是从婆罗洲，或者安南，或者苏门答腊搞来的。当时有上青和下青等各种品质差异。还有矿石的磨碎方法和发色等，比如一般说来吴州粒粗发色偏黑，回春粒细，发色鲜亮等，都不是看着眼前的材料在说，而只不过是看着传世的古青花瓷作品，凭借丰富的想象，以可怜的那点文献为依据在理解而已。

　　而以我制陶的经验来说，成品的发色，因窑中的温度高低、火焰缓急，以及其他种种要素的变化而变化，不管窑变发色，只考察原釉成分来源等，常常也许会把事实弯曲到莫名其妙的地方去。因此相对于此，我觉得专注实际的作品，不拘泥其枝叶末节，重点追求其精髓才是最为重要的。

　　下面应该顺便简单说一下被我称作"虫食之辩"的事。人们肯定都会在意自己入手的古青花瓷的边沿或边角的虫食痕

1　此处色料名称皆为原文。"吴州"（又称吴须）即中国本土产钴料，一般叫"石子青"；"回春"为波斯进口钴料"回青"；"苏泥勃青"又称"苏麻离青"等。
2　原文如此，明朝不足三百年。

迹，或者上釉的剥落。虽然不是说所有古青花瓷都是这样，但大多数都免不了有这种现象。

对此，我的看法是，明代大部分的青花瓷素坯使用的瓷石泥（烧成后不是陶器，而是瓷器）不太好，没有像现在我国九州有田使用的那种洁白无瑕不含铁的原料土，要是用那种瓷石泥直接制作素坯，然后施釉烧制的话，恐怕烧好的瓷器因为含有铁分，发色比较青黑，达不到希望达到的纯白水平。

所以正好就像炸天妇罗给食材外表粘那层面汁一样，从别处拿来不含铁的白土，做成白土泥浆，浇盖到素坯上。等干燥后，再像涂抹白粉一样，重新施釉，然后才装窑烧。我认为是用这种方法制作的。

因为没有其他的办法，只能用这种方法做，好处是整体发色也洁白如玉，但有一个问题是，素坯使用的瓷土和外边浇盖的白土因为土质不同，热收缩率也有些不同。比较大的平面没有问题，但是到了碗沿或者壶嘴或者边角等地方，表面的装饰白土会与素坯稍微分离。然后在使用过程中的某个时节碰到某种东西就很容易剥落。如果没有这个问题，我们都不知道明人还会有什么烦恼。

这种虫食现象似乎已经成了证实古青花瓷的一个证据，而且也不能说没有一点雅致，但虫食首先是不应该有的。事实上现在被高价出售的青花香盒就基本上没有这些瑕疵。从制作角度来说，在素坯上浇盖白泥浆等费事费力，而且还会因此出现破损，这实际上是制陶人最大的烦恼。这是只有质量不好的瓷土才有的无奈，因此只能费时费力多加几道工序。如果当时的中国人发现了现在京都一带使用的九州天草原料矿石的话，那古青花瓷肯定会烧制得更纯洁漂亮，其精美程度肯定更会令人惊叹不已。

但是日本很多仿制假青花瓷等的人，还特意花费很多精力去仿造那些剥落的虫食现象，真是令人啼笑皆非。

还有一个说法是说中国的青花瓷都是素坯未干直接施釉，其证据在碗底的圈足上。仔细观察古青花瓷碗底圈足，会发现圈足有与釉料一起被刮削的痕迹。这虽然并不是什么大不了的问题，但因为在日本的青花瓷上一般看不到这种现象（日本习惯干燥后才施釉）。

这是因为中国在制作素坯的时候，圆形的一般都在辘轳转盘上制作（圈足及其附近不最后完成），然后干燥，如果是盘子，再给盘子上部表面施白土泥浆（没有烧过的素胚），然后再干燥，干燥后把背面放到辘轳转盘上浇盖白泥浆（圈足中心除外），背面全部施泥浆后再干燥。等表面和背面浇盖的泥浆完全干燥后，再给两面都施灰质釉（为了透明），或者有些器物给两面或者里外施两重釉，然后再干燥，干燥后再上辘轳转盘边转边刮削，加工圈足。

在这道工序中，素坯瓷土和外边的釉料同时被刮削掉。而这个痕迹在日本仿造的青花瓷中完全看不到。为什么呢？因为日本制作时，首先在辘轳上完成素坯制作，并且不需要额外施加白色泥浆，直接入窑素烧，再给素烧后的坯体两面或里外直接施釉，因此不会发生圈足的素坯和釉料一起被削刮的事情。

这几句画蛇添足的话，就是我的序。

（1931年　摘自《古染付百品集》上卷）

古青花瓷绘图及纹饰

上卷已经简单说了对明代古青花瓷的大致看法。下边仅就青花瓷的绘图和纹饰略做说明。

无须赘言，明代的古青花瓷是最能具体反映和代表该时代文化的器物，这一点与其产生的必然性一起，被世人所公认。

特别是把青花瓷和继承元代兴隆、至明代继续发展的南宗画相比较，这一点就更加清楚。

南宗画与古青花瓷在根本特性上有一致的地方。这相比其他写实画、其他纯粹纹饰的陶瓷器就更加写实，作者的意图更加鲜明，而且主观的智慧发挥着更大的作用。唐宋时代所表现的那种艺术上的丰富的抒情要素，到了明代被有意转向，全部都放置于激烈竞争状态，有力刺激了青花瓷作品本身。

南宗画到了明代，逐渐走向形式化，但是另一方面，通过画面的表现，又最大限度地在作品中表现了超出实像的相关信息。

但是南宗画自身这种刺激倾向，在今天看来从大局上来看并不好说就取得了大成功，或者说在局部甚至加速了形式化的步伐，反而扼杀了南宗画的精神。

话虽这么说，但是这个时代的文化的这种倾向，如果仅在古青花瓷上来看，可说是取得了极大的成功，达到了"透明的爽朗"水平。

明代历代皇帝大力奖励了青花瓷的制作。而且制作的周边条件在这个时代也幸运地没有受到什么影响。材料上、制作上、用途上，任何一个方面都没有影响青花瓷的发展。

所以在考察古青花瓷绘图及其纹饰时，大致有下述三方面的内容：

素描形式发展而来的

意在描绘图案形式的

意在摹绘既有画作的

当然这是一种对全体的（不仅指青花瓷这一种工艺品）体系性分类方法，如果只是从素材上看绘图和纹饰，那么嘉靖前后的所谓祥瑞类，所有的构成要素，大概分成变形字纹饰、蔓藤草纹饰、隆庆动物画、草花画、万历花鸟画、山水画、道佛人物画等种类，当然这种分类并不容易正确判定。

本来从来没有一种陶瓷器能像古青花瓷这样绘图和纹饰有着无限的风韵。不是说瓷器作品本身数量多或者说形状种类极为丰富，因为不管主动地还是能动地，这种古青花瓷大胆直率地激发了当时所有制作者的创作热情，所以自然就创作出了上述丰富的种类。

在那些丰富的绘图和纹饰中，最能保持古青花瓷这类瓷器产生的性质，并且主要显示着其生命所在的，我觉得无论如何都应该是"素描形式发展而来的"那一种，然后是"意在描绘图案形式的"，最后是"意在摹绘既有画作的"。

为什么说这种从素描形式发展而成的青花瓷，最能体现古青花瓷的所有性质呢？因为古青花瓷的性质，正如前面所说，出于意志或智力，开始就把意识放在线性表现上（不得不说虽然全体受到南宗画影响，但正如所谓的大小米点笔法丝毫不会被任何笔法、任何年代所取代一样，我们确实能充分看到其心情和用意）。

"意在描绘图案形式的"以及"意在摹绘既有画作的"，其实说是从素描形式发展起来的首要的原因是，变化成工艺品时的形态本身，这种明代的古青花瓷稍加观察，就能发现与其说是工艺品莫如说是二次发生的事物，而另一方面，又更加增加了作为美术品的价值。所以在这一点上可以说，明代的古青花瓷，既是美术作品，同时又是工艺作品。而这也确实是明人生活的反映，这种现象也是一种必然。

而所谓的陶画一说，追根溯源其实也是始于这种古青花瓷，显然无疑可说是最为贴切的。陶画与古青花瓷明确通用。而且事实上，如果不看古青花瓷，要把陶画一词具现化几乎是不可能的。

在古青花瓷所展现的描线表现中，还能看到令人感慨无量，比名画更耐看的名画。其线条表现，只要认真观察，首先描线展开的方向，就与一般绘画的线条截然不同，它从不会忘记其线条的力量会对素坯产生影响。其线条表现的要领，比如速度的缓急，肥瘦的增减，笔锋的轻重等等，所有的方面都在更加凛然悠闲的状态下勾画。也就是说在这里显示出了各方面超出一般绘画的智力高度和极为简单的作家心理表现。因此其内容也自然是悠然丰富，而且必然是自由烂漫的。

因此，要么豪放痛快地试图象征性地、性质极端地类推展开，要么一味追求写意，最终能没有任何负担把作者原生心像完全反映到作品中，果然登峰造极，不容丝毫辨驳。前面说过的明代古青花瓷显出一种向上的状态，至此，其事实恰如掌中之物，明明白白。

在自我意识觉醒上，明代的陶工实在具有很多聪明、厉害，并且自然可能的地方。

我们看"意在描绘图案形式的"作品也能看出同样的地方。看看祥瑞纹饰及其他所有纹饰的丰富变化吧。有没有一件作品是没有意识地或者机智地刺激了作品本身呢？而其刺激的结果不是给我们明快地展现了一个伟大的时代吗？

而且这些纹饰也大量反映了当时的社会和生活，也就是说明显地反映了当时的文化。比如藤蔓纹、圆形纹、以及其他织物纹饰等，显然是受到当时明代从海外进口的织物纹饰的影响。再比如福禄寿等文字的变形图案，还有象征当时人们对生活的各种心灵祈祷的雷纹、冰裂纹、凹字、亚字等组合字纹等，还有其他很多，不用说都是在当时的现实生活中普遍使用的事像（有关祥瑞纹饰等，笔者另有专门研究，不日成文解说）。

但是整个明代，相对于直线以及直角线图案，似乎曲线以及圆形线更具成熟美味。

而今天最值得我们惊叹的是，这些纹饰从材料上来说仅仅是用青色一色表现的。这种单一的青色作用于纯白的瓷胎时，其效果却超出其他无数色彩，在图案内容上能吸收所有其他色彩，并反映出那所有的色彩。锦窑二次烧成的多彩形式作品与最好的青花瓷相比，连次好都算不上。

总之，所有的古青花瓷以简约、劲拔、自由为本位的表现，与有意识追求的效果，在任何情况下都如上所述非常吻合。至于"意在摹绘既有画作的"，随着时代的推后，有些深陷所谓陶画的趣味，其目的在效果上完全本末倒置了。这一点的例证从清朝康熙乾隆年间制作的精品上就能看得出来。

上面大致就是笔者关于古青花瓷纹饰的一点看法，但同时应该更多关注的是用瓷土制作的所谓"成型"上的事情。而对这些有关制作上的研究和考察，虽然不能说笔者就没有像针对绘图和纹饰一样尝试解说的义务，但这些有关制作上的事情，大多都是为专家解说，相对少有为一般鉴赏家解说的。所以有关这些的研究和解说，有待后日择机发表，以尽自己应尽之责。

（1932 年 摘自《古染付百品集》下卷）

《鲁山人作陶百影》序

　　我想自己动手制作陶瓷器，并开始在自家院子筑窑是昭和二年四月。筑好窑，首次陶器制作完成，第一次烧制是当年的十月七日，所以算下来其实并没有多长时间。在自家院子没有筑窑以前，我主要借用的是京都宫永东山氏的窑和加贺山代须田菁华氏的窑；有时候也在山中永寿窑，大圣寺秋塘窑，尾张赤津作助氏的窑等请人按我自己的喜好做好坯体，然后自己绘图，主要准备当作食器用。

　　但是让别人做好坯体自己只在上边绘图，因为各人的追求不同，鉴赏能力不同等，总感觉有些怪。然后我明白了不从头到尾自己亲手做就不是真正制作陶器，所以就下定决心，终于在镰仓的山崎开了一个属于自己的小小的窑厂。筑好窑，雇了助手开始研究制作后，逐渐尝到甜头，越发激起了自己制作的兴趣。同时也因此不得不感叹越来越难。

在制作上我追求的,全部都是日本和中国的古陶瓷器精品。不仅明代的青花瓷或彩绘瓷,还有朝鲜的和日本的陶瓷器类,不论什么,只要是德川中期往前直到镰仓时代前后的东西,自己喜欢的都是我研究制作的对象。但是我自己并不是仅在表现上追求拟古。我彻底追求的是内涵的,也就是本质的和精神上的东西。

可是那之后的经验告诉我,以今日的窑,现在的原材料,绝对做不出从前作品的那种品位。所以在某个时期,我真是迷茫恍惚了。但是另一方面又意外地感到很有意思,以至于现在我越来越觉得我肯定与陶瓷制作结下了缘分,一辈子都不会停下来。

在这期间我想到应该考察一下朝鲜的古窑,所以就到汉城[1]以东,釜山以西转了一圈。在鸡龙山等几十个地方还收集了陶土和釉料原料样料,还最早发掘调查了被称作尾张濑户三十六窑的古代窑址,还去挖过几次信乐的陶土。最近在美浓的久久利村的山里发现了志野烧的残片,以此为线索,发掘调查了志野烧的窑址,终于发现了四五处志野烧古窑;还发掘调查了初期古织部烧的窑迹,发现了隐藏在古濑户里的各种秘密。还在九州的唐津附近收集了古唐津和岸岳[2]一带的陶土原料等,这些都极度刺激了自己对陶瓷器奥秘的追求和兴趣。另外,以

---

1 汉城:今首尔。
2 岸岳:即位于唐津市的海拔三百二十米的鬼子岳。

自己绵薄之力，为给自己参考也多少收集了一些古陶瓷器。

如此这般，这几年以来我只要在窑厂，就揉泥巴、转辘轳、捏画笔、焚火烧窑等，尽自己最大能力，一直用心努力。

在此本人斗胆从自己的陶瓷器作品中选出一百件，照上照片，每件都详细解说制作意图、使用材料和所用技法的关系、烧成出窑后的感想等制作成集。对于古人的所谓秘法或者秘传技法，在自己的经验范围内，也尽量公之于众，以期通过此举使人们对于陶瓷器制作上的知识以及鉴赏上的趣味等，能有更深入的认识。

（1932 年）

《鲁山人家藏百选》序

　　我在镰仓的山崎筑窑，开始专心制作陶器以后，也是迫于无奈没有办法，为了参考，只能开始收集古陶瓷。

　　这也是因为我把制陶的目标定为古陶瓷的水平，所以收集起来一发而不可收，到今天，收集到的古陶瓷器已达几千件套。

　　我收集参考品的标准是，以大概三百多年前的陶瓷器为理想，哪怕稍有参考价值的，不管完器还是残品，也不管是否有残缺，不分中国的还是朝鲜的，或者日本的以及其他的，虽然不算深入但广而泛之，基本上把能搜罗到的都收集了。

　　就这样边看边做，边做边看，不知不觉之间就有了感觉，或者说真是学到不少东西。

　　因此我也不愿意特意抑制我自己观察这些古陶瓷器的喜悦和亢奋，我觉得通过刊行这本选集，应该尽到一个收集家应尽的责任。同时，我从这些收集品中，学到的原作者的心性和形态，都原封不动地转移到这里，虽然知道有画蛇添足之嫌，但也聊作简单说明。

本来对于陶瓷器的鉴赏分析或者剖析等，自古一般来说只有针对有名的作品，也就是说世人皆知的名器才最容易被人理解，这是因为那些陶瓷器每件都属于不同的收藏家，他们都想把自己收藏的吹捧为名品或绝品。暂且不说那些藏品每一件都直接去看很困难，但是你为了不信口开河随意评论，就应该把那些藏品都按原色鲜明地照相制版，可是事实上要多次借出是很不容易的。所以没有办法，我不得不冒昧地只以自己的藏品为选录对象。

最后，在选定这些藏品以及解说时，我的态度唯有这篇前言所述，无有其他。我所希望的只是能对大家鉴赏陶瓷器有所参考而已。

（1932 年）

我最近为何要尝试制作陶瓷器

　　不用说，自古以来最被重视的陶瓷器在东方获得巨大发展，这是西方所远不能及的。瓷器最早是中国发明的这点没有议论的余地，但到了清朝具有艺术生命的作品已经渺无踪影。上溯到明朝以前，就能看到不少具有艺术生命的作品。朝鲜就是高丽瓷器。在我们日本，在濑户的藤四郎，九谷的才次郎等的时代，出现了许多足可作为艺术品观赏的作品，但那以后，除了屈指可数的几个名匠的作品以外，鲜有值得鉴赏的作品。至于现代的陶瓷器，已经堕入令人叹息的状态。我们不得不声明，现在绝无一件具有艺术生命的作品。事实上只有两三个有艺术理解力的理想家在持续研究，但发表的作品都是没有完成的，也没有达到纯正艺术的心境，没有产生值得我赞叹的作品。其余的都只是大量生产的日用品，丝毫没有发扬工艺之美的念头。自古以来，在陶瓷器制作上很少有具有高度欣赏识见的人物亲自动手、揉搓陶泥、专心制作的例子，基本上都是无聊之徒在制作。所以就存在偶尔有识见如光悦、木米之类的人物亲自动手制作，其作品马上就成为天下至宝这样的事实存在。有识之徒其实对此熟视无睹。其实只要以一己之见进入这个行当，便可以毫无顾忌地声明自己把握天下。特别冒昧地说，以我不才，在现在的这个行业都可以说如入无人之境。看到此行业如此无人，不由对东洋陶瓷的名誉感到悲哀。毋庸赘言，本人的陶瓷器制作纯粹是从个人兴趣出发的，但另一方面无疑也是受到上述惨状刺激，促使我挺身而出。我在自己的窑厂旁附设陶瓷器参考馆，一目了然地陈列展示自己收集的大量古陶瓷器，不外是希望能以温故知新的态度钻研陶瓷器艺术。为了方便一般同行，我不顾越权，开放这座参考馆，希望大家随便观览参考。本来仅为一介贫寒书生所为，简陋寒酸之处甚为汗颜，但若能为大家回归初心产生哪怕微薄益处，本人便心满意足。

（1927 年）

爱陶语录

做陶热情

因为我是一个彻头彻尾的外行作陶家，而且本来也没有什么素养，所以刚开始其实很不安。直到今天才终于敢于说正因为是外行，所以才能把自己的见识毫无保留地赋予制作陶器的工作。

这么说也是当然的。最初作为一个外行开始制作是四十多岁，迄今已经过了三十多年了。其实都太晚太迟了，跟人竞争都没有意思了。

已经这么一大把年纪了，说实话都有些不好意思。但是自己也没有其他什么拿得出手的本事，只是厚着脸皮硬是坚持下来而已，所以心中从未觉得自己多么了不起。但是怎么说呢，天生一个吃货坯子，自然产生无限欲望，总想要又精美又养眼的食器。也就是说一直祈求料理的"衣服"能把料理打扮得风情万种。这与想给美人穿上美丽的服装的心情是一样的。用料理的美丽的衣服给料理增色添味，不管别人如何想，对我来说是绝对是不可或缺的人生乐事。

*

能买到好古董的五条买古董原则：

一、首先应该出手阔绰大方；

二、不随意砍价；

三、付钱购买后不反悔退货；

四、不论自己是否想要，不无端评论；

五、不因能倒卖赚钱而随意出手。

*

没有出奇的想法，就不会有出奇的结果。

*

艺术家应该有与艺术不即不离的生活。甚至可以说艺术本身应该就是实际的生活。或者说实际的生活本身应该就是艺术。作品不过是这种艺术生活的表现而已。

*

有人随便开口就说想做一个茶碗。他可能平生不论看到什么茶碗，都从未看到过那个茶碗作者的精神世界。不仅茶碗，所有作品都是作者全部人格的直观表现。所以一个人没有敢于当众献丑的艺术家精神，就不可能把自己的趣味和精神世界反映到茶碗上去。

*

说来说去，亲近自然才是首要的。不论什么艺术都是以一个人如何热爱自然，是否抓住自然作为素材实现的，所以写生就是最为重要的。通过写生培养仔细观察自然的习惯，而且也能把自然的印象刻印到心中。在这个写生过程中学会省略法，获得控制笔法的能力。实际画面中还有一根枝条，但感觉没有更美，那就省略掉，或者一笔带过等，就是说能够离开实物，用心术绘画。说起容易做起难，不努力要做到这一步其实是很不容易的。就像把表现现实的话剧改写成歌舞剧一样。在舞台上你就是踏踏踏地跑，既没有美感，也不令人感到是在跑，可是你只要慢腾腾地走着台步，也会令观众忘我地感到你是在奔跑。及至能、狂言，更是美感倍增，所以绘画如果不能到达这种境界就成了作假。而且没有雅趣也不行……所以要用心，多接触名画和名器，亲近艺术是很重要的。

基因的优劣 [1]

我总是说，想当陶工创作名器、名扬社会的人，必须也应该是一个有相当水平的画家。但是一直以来，很多人却是因为虽然喜欢绘画但能力不足，没有办法只能转行，开始捣鼓陶土制作陶瓷器，因此基础就不扎实。与画家相比，陶工种群好像基因有问题，因为从祖先起大多都是工匠。这种出身绝对不可能做出好陶器。如果不是能当一流画家的人出于好奇心走进陶瓷器的世界，从自己的兴趣爱好出发制作，就基本不要抱什么希望。

比如像木米那样的。现代工匠中如果只有天赋有限的人，具有艺术性的名品就不会被创造出来。现在的陶工们如果不能从精神上大量摄取美的艺术营养，走出工匠局限，就只能是重复虚假的生活，徒劳无功。在官展上陶瓷器被用"工艺美术"这种二流美术的名称称呼，受人轻蔑但还有很多人参展，可见都是无聊之人。

*

用绘画做陶器。如果不能做到这点，那么你将作为一个被世人轻蔑、终生贫穷的没用陶工走完人生。

1　原文如此。此文虽有时代的局限，但为尊重原作者，翻译时没有改动。

上进心

任何有乐趣的生活和爱好都是如此，我今年以来的希望就是"追求好东西"。我的心愿，上进心，不外就是不断地追求完美，然后就是修身养性。

*

敲门门则开。

自 戒

如果说不勉强而为是艺术的要领，也是健康的宗旨的话，那当然应该遵守。更不用说不能为了追求显达而有不自然的欲求。

*

把自己的创意传授给别的作家是一件没有意义的事。

随机应变

艺术没有计划和人为造作，艺术是时时刻刻产生出来的。

换句话说，就是随机应变而来的。

有一句老话说："出轨都是一时乱心。"艺术也是那个时刻临时产生的。都是在做的过程中自然产生的。

美术爱好

要做一个真正的美术家，我觉得应该不厌地追求美术爱好。在彻底追求人工美之后，应该学习自然美，埋头自然美。只是以人工美自称某某流派的人一点意思都没有。自然美重于人工美。

何为美的生活

真正的美的生活就是形式美和心灵美兼有的生活。亦即艺术生活。

*

我希望助力所有人都喜欢美的事物，知道什么东西好，知道如何走正道，不走歪门邪道。

*

看事物实像的时候如果带有私情则真正的实像不可能显

现。而美的根源因为自然界是教师，是样本，所以要想让自然界本身的美姿夺目占心，首先就要修养自己。

＊

我希望这世界即使一点一滴也越来越美。我的工作就是那一点一滴的表现。

＊

不是说只要懂就会做。不，因为懂所以不会做。懂和做是两个不同的事情。

＊

必须把向名器学习当作修业的第一要义。不用说这是我的作陶态度。

＊

做陶瓷，都是复制。世上从来没有任何部分都没复制的陶瓷器。当然，你要复制什么地方，模仿什么地方，这才是最重要的。

＊

在艺术鉴赏方面，生育环境、遗传也很重要。

*

坏了的钟表只有废铜烂铁的价值。一个人必须不断努力，今天超过昨天，明天超过今天。学习，一辈子都要学习。

*

珍惜爱美之心，珍惜贴近自然的时间。

*

听自己说话，不如洗耳倾听别人的美声。

*

俗话不是说吗，好鸟不吟俗韵。

*

要有能敏锐感觉自然风光和四季变化的嗅觉。

*

现在没有能完美描写自然的陶瓷作家了。画家也一样。

*

如果希望喜爱美的陶瓷，说到底只要开发自己的审美眼不就行了？要是有爱穿的人想选购自己喜欢的结城和服，结果却让织结城和服的老太太挑选，那么难道你自己不会产生轻蔑自己的感觉吗？

*

有人问，想知道陶瓷器的事情看什么书好。想看美女，看什么书才能看到？如果仙厓和尚[1]还活着肯定想这么反问。

*

若无其事就是轻而易举，就是随便书画，也可说是超常。

*

乾山的画也许没有近代人喜好的近代感觉，但乾山的画是活的。

*

必须如此想：人有问题还能做出精湛的作品，那是不可能的，所以一定要从学做人开始。

1　仙厓和尚（1750—1837）：本命仙厓义梵，江户时期临济宗古月派禅僧，禅画家。生活态度狂放，亦有机智狂歌传世。

*

现在的陶瓷作家们首先是没有信念，另外就是审美眼不彻底。毫不夸张地说，看现代美术的时候好像什么都懂，随口就能跟人议论，但一旦看到古名画、古美术品，一眼就能看出其美术价值，具有判断真假的鉴定眼光的人少之又少。就连竹田或山阳那种作品都不能鉴别。能迅速负责任地判定贯名[1]、山阳之类的真假，下结论的鉴赏画家大概没有。

诸如此类的德川末期肤浅艺术都不会鉴赏，那么更早年代的，当然更是没有自信。对于现代鉴赏家，我真是感到遗憾千万、可惜至极。

*

外行大都以为，画家肯定懂画，书法家肯定懂书法，其实这完全错了。甚至应该说画家才不懂画。我还要明确纠正你，书法家才不懂书法。你要是觉得一个制陶师肯定懂仁清，懂乾山，懂木米，那你就大错特错了。实际上所谓的专家，似乎什么都懂，其实什么都不懂。

*

因为没有自信，没有自信所以没才干，没才干所以也没有器量，没有器量所以肯定也不会有胆略，没有胆略所以就只能

1　贯名：指贯名海屋，本名贯名苋翁，江户后期儒学家、文人画家、书法家。

玩弄小聪明，就想用雕虫小技糊弄，因此只能做出浅薄无聊的作品，接二连三地改变形式等。因为浅薄，有见识的人不会感动。因为不会令有见识的人感动，所以只能是盲目无知的人追从，自己则成为不会令人感动的一个制陶家。因此作品的价格和人气都不会长久。到头来只能成为没用的东西，被人抛弃。

如果真要变成这样的，还不如在学好绘画之前，先学好做人。不学好做人也就不会画出真正的绘画。

*

人人都摆出一副艺术家的架势，但真正的艺术家到底有几个人？特别是在陶瓷器的行当，似乎都在做艺术一样的陶瓷器，可是真正的艺术品其实却没有几件。艺术这种东西，我经常说，就是陶艺家人格的反映。作品如果没有内涵形式以外的、肉眼看不见的东西就不是好作品。这是一个普通人做不出来的。现在都称不上陶艺家的那些人，装模作样像个什么人似的，更是不可能。创作的和鉴赏的，都应该修炼自己的慧心。好东西凭直感就能感到。总之首先应该学做人。

*

以前的作家们都充分享受着自己走的路。比如陶瓷器作家都确实喜欢陶瓷器，为了自己着迷的陶瓷器他们觉得再苦也是乐。相比之下，现今的作家们怎样呢？不都是为了卖名，为了立身成名，为了几个饭钱汲汲不已吗？还有没有谁为了走自己的路，哪怕乞食讨饭也不愿绕道而行？只在意世人的目光，不努力。良宽那样的人已经绝种了吗？也不管一休如何训导，不管基督如何教诲，一门心思只为加官晋爵是吧？

*

懂的人一点就会，不懂的人说啥也没用。

*

杰作与平庸之作只有片纸之差，但这一层纸却很难捅破。要想捅破这层纸进入杰作的领域，需要精神上的持续紧张。因为没有感动的东西就不会有精神上的紧张，所以也可以说是感动做出杰作。只有自己感动，才能令人感动。

*

仔细看自古以来各种优秀艺术形式就能明白，无一例外都是先有精神，然后才产生出形式。有心才有形。

可是现在的人却都只知学形而忘了学心。说他们的工作已经死亡就是这个缘故（在这点上花道和茶道就是最典型的例子）。

　　　　　　＊

　　人大概都得修行，但再没有比能在自己喜爱的路上修行更幸福的事了。

　　　　　　＊

　　任何人都有与人不同的喜好，这就是所谓的个性。你尽可以任性而为，尽可以按你自己的嗜好，随心所欲，尽情享受。

　　提高这种喜好的水平，其结果就是提高情操，升华性情。

　　修行是有限度的。从这点上来说，只要可能，应该尽量随心所欲，尽量按自己的意愿行事，其结果就是一步一步提高自己。

　　　　　　＊

　　艺术都是用心而为。

　　　　　　＊

　　识货的都是没钱的人，有钱的人却都不识货。绝对的，我再说一次。

　　　　　　＊

　　若要说真，公平也是真，不公平也是真，任何事物都有

245

两面。

*

世上总有人有钱不用。希望有能用钱的人。死钱行，活钱也行。

*

总有人叹息说世道实在不公平。

*

常言道"千人明目千人瞎"，但实际上是不是真有其事？看不见的人有一千，能看见的人连一个都没有，难道不奇怪吗？

良宽的字很受欢迎。这是好事，说明良宽的字确实好。但只要是良宽的字什么都好，这种盲从的心态却不可取。况且到底有几个人能百发百中、断然地判定良宽字真假呢？

*

我的陶艺大部分都是以日本各种古典陶瓷器为模范的。

另外，不论东西，古典的陶瓷都是我的模范，这也是事实。但我尊崇的唯一的模范是所有自然之美，我矢志不渝地追求着

246

这种美。

我的陶艺都是来自于此。

*

真正的美，一定都含有某种新的要素。真正的美，无论何时都有新鲜感。日本的民族遗产《万叶集》中的诗歌在今天的我们看来不是还很新鲜，还能给我们带来快乐吗？

另外，古陶瓷器中的精品，不是也像刚烧好出窑，还残留着火焰的余热，还能感到新出窑的新品的温度吗？真正的美，超越时空，总是新鲜的。

*

有很多人都常说一草一木一块土疙瘩都有美，但那是不是真正从他自己的生活体验中流露出来的，只要看一下他的作品便一目了然。总之要想认真走艺术之路，没有一颗赤诚之心是不可能前行的。我一般都不客气地直言评论，所以常常被人误解，但我相信自己，鞭策自己，不在意别人误解。如果没有向着最高目标互相努力的意愿，我也绝不会去说这些话讨人嫌。总之我是无私无怨。当然也不是用一句"桃李无言下自成蹊"就能糊弄过去的。

247

*

　交结益友。座右的书籍、文房四宝、摆设也是益友之一。在座右精心摆放好东西能帮助自己提高精神境界。

*

　愚以为现代人应该有缘木求鱼一样的梦想，应该把心血倾注到古代的二流三流艺术（性）物事中。为此的必需条件是远离名利，实践第一。不要嘲笑说这是陈旧的说教。专注自己所追求的艺术，忘我钻研，不分昼夜。只以自然和天然为对象，奋力搏斗。觉得以自然为对象已经学够了的话就去向应该垂首的古代名品学习，拜其为师。

*

　越优秀越像富士山一样找不到对手，所以就想找大自然为对手。

*

　人生各有千秋，总之必须坚决活下去。

*

　自然是艺术的极致，是美的最高境界。

*

大部分人对于器物都是被动的。学到一定程度差不多了，就应该发挥自己的喜好。

一般人不管经过多长时间，都不中断练习。这是不行的，到了一定时期就应该不客气地发挥自己的喜好，就应该按自己的喜好去做。不能永远都是被动的。

*

总而言之，在工作上，只做好的东西就是艺术，艺术就是最高的东西。也就是说，正直、纯真、洁净才是一切事物的最高境界。

*

好好回想一下，人的一生中确有既能无意识地发挥能量，又充满气力和精力，实际上却什么都没做出来的时候。

*

就说给木盒上写落款一事，也许大家看我似乎随随便便三下两下就写好了，但其实我可是一笔一画认认真真辛辛苦苦写的。啊，这一笔写坏了，那一笔样写得不好看，都是这样边想边写出来的。写好后就没有办法改了，只能就那样了。盖一枚印章也是如此。

249

鲁山人展目录集语录（集锦）

关于我自己的作品

有人在无数的作家作品中看了鄙人的作品后把鄙人称作天才。我知道这样说对这些人很失礼，但我不由觉得说这种话的人大概都是对艺术缺乏理解，鉴赏能力不足的人。这种人有一种随口就说"天才"的毛病，可能他们只要稍微看到什么自己做不到而令自己感动的，马上就称呼作者为"天才"。愚以为自己的陶瓷作品，除割烹食器外，都是爱而不精之物，没有任何值得赞赏之处。鄙人更擅长批评，于评论多有自信。而鄙人的毛病就是擅长艺术评论，对于古今东西不论和具还是洋物，总是多有批判。还有一个毛病就是对现代大部分作品像拒屎灰一样拒其于千里之外，避之唯恐不及，因此常讨人嫌。但是鄙人对于自己的批评心胸坦荡，故而也有极深的自信。但是要说到自己的作品，其实与自己希望达到的水平还有甚大距离，只有连声叹息，常感悲哀。这也正是批评别人时如猛虎禽兽旁若无人，但对自己的作品则如少女般羞于启齿的理由所在。即便如此，对于制作自己又不能断念，因此便产生看到好的东西受到刺激就想学习，看到不好的东西毫不客气开口就骂的傲慢态度，一有机会制作意欲就勃然大发。书、画、篆刻、匾额，最近又是陶瓷、漆艺，另外还有割烹料理等，任凭兴起，不管顺序，没有统一，极端散漫地制作创作。这些就变成鄙人的作品，收录在本书中。鄙人鉴赏的美术品，若非千年之前之物，就不可能令我最大的感动。哪怕对中国的宋、元、明的美术品，也不会像崇拜中国的人那样心悦诚服，更不用说清朝的东西。不过我却是一个鲜有的认可日本德川时代有价值东西的人。尤其是光悦、宗达、大雅、芜村、丈山[1]、玉堂[2]、芙蓉[3]、茂卿[4]、雪山、光琳、乾山、木米、仁清，还有版画、大和绘等，特别如良宽，另外还有大茶人、高僧、大人物等应该铭感敬服的不在少数，维新以后的我也认可雅邦[5]、芳崖[6]的特长，敬爱春草[7]的天分，认为村山槐多[8]、关根正二[9]二人是现代少有的特异天才。栖凤[10]

1　丈山：指石川丈山，江户初期的武将、文人。长于汉诗，儒学、茶道、书道等皆精。

2　玉堂：指川合玉堂，明治到昭和时期的日本画家。本名川合芳三郎。

3　芙蓉：指铃木芙蓉，江户中后期文人画家。

4　茂卿：指荻生徂徕，江户中期的儒学者、思想家、文献学家。字"茂卿"。"徂徕学"创始人。

5　雅邦：指桥本雅邦，明治时期的日本画家。号胜园等。

6　芳崖：指狩野芳崖，幕末至明治时期日本画家。被称为近代日本画家之父。

7　春草：指菱田春草：明治时期的日本画家。

8　村山槐多：明治时期的油画家、诗人。

9　关根正二：明治时期的油画家。

10　栖凤：指竹内栖凤，明治到昭和时期的日本画家。第一届文化勋章获得者。

天生的名匠气不可置否，但我还是应该坦白说，他虽有传世的名声，我并没太敬服他。如果有人问"观山[1]呢？大观呢？"，我只有苦笑。毋宁说我以清方[2]、玉堂悉知自己水平高低，知道满足，但并不把自己描摹别人作品的姿态当作艺术创作。御舟[3]的笔力也很秀逸。特别应该大书特书的是富冈铁斋，其作品真是令人敬服不已。我觉得如此大艺术家能出现在近代很特异，实为可在全世界自豪的事情。即使如西方的凡·高、塞尚、罗丹、雷诺阿等，与铁翁相比，也不过区区那样而已。吴昌硕本来就不是问题，其书法亦如铁翁，艺术性稀世旷古。令人遗憾的是所谓书法家的书法其实把书法从艺术中完全葬送。关于书法，鄙人不得不衷心佩服的是历代天皇的御书。历来书法家无数，但从无一人能如历代天皇御笔那样留下格调高雅、意义深远的作品。是为大师，是为道风。再往下看，虽然时下鲜有人称赞山阳的书法，但其书法应与三树[4]和博文公[5]的书法同样置于上位。如果一定要在书法家中找出一个有力书法家，那就只有贯名海屋一人而已。其余所谓书法家除长三州[6]以外都只不过是一个写字匠而已。虽说自古以来趣味之极致以佛像佛画和陶瓷为终，而鄙人则欲稍加解释。只要真对佛像佛画的艺术

---

1 观山：指下村观山，明治到昭和时期的日本画家。

2 清方：指镝木清方，明治到昭和时期的日本画家、浮世绘师。

3 御舟：指速水御舟，日本画家。本名莳田荣一，东京出身。御舟为号。以写实见长。

4 三树：指赖三树三郎，江户末期儒学者。赖山阳三子。

5 博文公：指伊藤博文，明治时期政治家。明治政府第一任首相。

6 长三州：明治时期官僚、汉学家、书家、汉诗人。

有鉴赏能力的人，那么鉴赏陶瓷器就不难。相反，即使有鉴赏陶瓷器的能力，但要鉴赏佛像佛画却并不容易。就是说鉴赏佛像佛画之美可以说是美术趣味之终极，但若要以陶瓷权威为最终，在有识之人看来却未免言之过急。如此，常以批判态度享受艺术鉴赏之道的鄙人自己对此进行批判，是因为我相信自己作为一个鉴赏家、批评家地位并不低。即使如此，一旦看到自己的作品，却如看到低劣稚愚、富模贫创、重技巧而少内容、素养欠缺的东西一样，堪等献丑。回头就能看到鄙人书斋里已有千年历史的佛像，还有同样古老的干漆佛，松方公旧藏的镰仓时代多门天像，还有同时代的圣观音像大作。另外几件镰仓时代以前的佛像，表现了艺术的尊严。书画有逸势、大雅、芜村、良宽、隐元、仙厓、木米，还有和、汉、洋古陶瓷，镰仓时代的匾额等。古今东西的印刷类、写真类旧版名帖堆满鄙人左右，自嘲犹如儿戏。这些都日夜折磨着鄙人，给鄙人以切实刺激。如上所述，当自觉自己天分与教养皆有不足时，实在是深感无奈与悲哀。因此鄙人甚至自己觉得并不适合当作家，但当批评家却有一技之长。所以盛赞鄙人为天才的人，是为心眼未开之辈，难有共同语言。总之鄙人作品不过是笨人的敝帚自珍之流，不免给他人带来麻烦。呜呼，修身养性，远离恶作，接近真理。

（1925 年 12 月 1 日 第一次鲁山人习作展）

第二次自作陶瓷展

三越百货商店的服装部门为了制作让美人更加绚丽多彩的表皮，也就是美丽的服装需要的染色以及图案而苦心熟虑。现在的陶瓷作家为陶瓷的表皮，就是釉料的色调以及纹饰图案苦心熟虑，与三越服装部门简直无二。三越的服装里有活生生的美人存在，只要苦心思考如何让衣服美丽即可完成出色的工作，但如果自认为是艺术家的陶瓷器作家也如三越一样做事，以为仅以研究类似衣服那样的表皮就能产生艺术性的陶瓷器，能产生艺术性陶器的时代是不可能有的。要在研究充当"衣服"的釉料以及图案的同时用心研究更重要的内涵，也就是充当美丽服装里活生生的美人的胎泥工作，把心身多用在这些地方才是最大的条件。就像美人裸身也应该是美人一样，揉捏泥土要获得美人一样的价值，陶瓷器就不应该依赖充当"衣服"的釉彩以及图案来增加艺术价值的多少。不论仁清的作品，还是木米的，或者是朝鲜的、唐津的，都如实地证明了这一点。但是最近的陶瓷器作家们，轻视胎泥制坯工序，只重视表面的图案创意等，以此获取爱陶家们的欢心。所以我觉得遗憾的是，现在存在一种弊端，就是很多人在鉴赏陶瓷器的时候，只是看着表面的图案、釉色、外形等判断一件陶瓷器的优劣。

因为上述理由，我这个陶瓷器作家被逼进了泥土之中。

这是拙作第二次公开展览。本次展品皆以自己理想的陶瓷器作家的态度制作，敬请大方不吝赐教。

（1929年春三月 鲁山人作品展）

所藏陶瓷器拍卖会致辞

破破烂烂的古典旧籍只要小心翼翼粘粘补补也还是能看的。当年鄙人深感作为一个陶瓷作家的责任，立志走有规有矩的正道时，本来家贫无业的鄙人除了以收集修补古书之志倾心收集古陶瓷，不断研究玩味以外，找不到其他可以参考的方便方法。自那以来，人说鄙人的陶瓷参考馆以瑕疵陶瓷著名，也是确有道理。而鄙人当时作为一个极端幼稚的陶瓷作家对于收集的陶瓷有无瑕疵并不在意，数量的多寡才左右了鄙人的眼福，像每日必看报纸一样日日沉迷观赏陶瓷。因此一件陶瓷器对于鄙人来说就如一部教材，而上万件陶瓷则如万卷藏书一样，愉悦了鄙人的心情，丰富了鄙人的知识。经过十年岁月，终于阅完万卷藏书，自觉达到第一期毕业的水平。在此冒昧打搅，鄙人希望能把一部分爱藏品拿来拍卖，用已阅换未阅，促使自己进入新境界。

回顾起来，已经读过的"书籍"并非不是鄙人的娱乐伴侣，作为书架的装饰也并非黯淡无光，只是从资材情况来看，以鄙人之见新旧交换最为方便，别无他法。因而决心斗胆公开拍卖。鄙人坚信，今日此举，若有幸获得诸位亲友同情与声援，不假时日，鄙人陶瓷参考馆展览内容将焕然一新，明确展现崭新策划，鄙人亦将以崭新作陶生活见笑于诸位。如今鄙人日夜追梦，沉迷作陶，姑且消夏。

（1934年 于北大路家藏古陶瓷展览会）

近作陶钵展寄言

料理没有食器似不可存在。

食器之于料理，就像衣服之于人。正如人不穿衣服不能生活，料理没有食器盛装也不能独立存在。所以食器可以说是料理的衣服。

所以说对料理感兴趣的人，就不可能对相当于料理的衣服的食器漠不关心。自古以来人们对服装以极大的关心设计研究，素材、染色等取得了令人惊叹的进步。食器作为料理的衣服在中国的明代，也就是四五百年前终于完成。朝鲜虽然没有可称作食器的陶瓷器，但有御本手[1]、坚手[2]、柔手[3]等茶碗，以及高

1　御本手：从桃山时代到江户时代，朝鲜按日本送去的样品（手本）烧制的抹茶茶碗。狭义上仅指釜山窑烧制的茶碗。有淡红色斑纹。亦称御本茶碗、御本。

2　坚手：一种高丽茶碗。产于李朝初期至中期在庆尚南道金海窑。因瓷胎和釉料比较坚硬而得名。

3　柔手：一种高丽茶碗。与坚手茶碗同为金海窑出产。因表面釉色柔和而得名。

丽云鹤手[1]钵和其他在日本被当作抹茶茶碗利用的陶瓷器。日本在四五百年前就已经有古濑户烧、古萩烧、古唐津烧、朝鲜唐津等相当多开始就被当作食器制作的陶瓷器，少量现存的现在都被人当作珍宝，价值连城，作为料理的衣服，用于盛装高级料理。另外，个人陶瓷器作家中仁清、乾山、木米等评价最高，在有见识的爱好家之间备受敬重。

但是看看现在，其实我也是不好随便说，真是令人心寒。个人作家中没有出现杰出的天才，没有一个能令我们俯首敬服的热情陶艺家。这么一说，不仅专业陶艺家，就是一般的陶瓷爱好家等都会憎恶地鞭打我，但我愿意忍受这种牺牲，我不顾他们的憎恶，熬过他们多年的鞭笞，以自己的微弱之力，首先专心窥探古陶瓷作家们的精神世界，观察赏玩那些古陶器的古人和今人的动向，以与自己的信念和技术相符的地方为作陶之心，十年如一日专注作陶至今。由此我明白的是，陶器之美与书画之美、雕刻之美、建筑之美、庭院之美等艺术之美没有任何区别。所以陶瓷器作家中如仁清那样，如果不是创造出纯日本风格的造型，不是长于辘轳拉坯成型技术，不是有着超人绘画、书法、釉料调配等才能，没有超过常人的天资就不可能独立成名。像乾山那样，能画超过光琳的绘画，又能写字，创造出与仁清风格不同的日本趣味的造型，才能流传下来很多令人感动的作品。仅他的绘画，也非同一般。

1　云鹤手：一种高丽茶碗。属于高丽时代末期的镶嵌青瓷。因飞云舞鹤纹样多而得名。

木米不用说，其绘画在市场上超过十万大金。

上述三人单是绘画就有着非同一般的能力，他们之所以能制作出非同一般的陶瓷器应该是理所当然的了。而既不会绘画，也不会写字，还不会赏玩古字画，这种人做陶瓷器，只能是儿戏，不可能做出什么大不了的东西。

现代的陶瓷器已经到了令人寒心的境地。

我并没有以作为陶瓷器作家成名成家的目的，所以也没有凌驾和排斥现代作家、独占陶瓷器作家各种荣冠的小心眼。

我本人目前的绘画和书法水平也就是大家都看到的那么一点，没有什么了不起。多亏喜欢绘画、喜欢书法，还有篆刻、古书画、古董等，不论古今东西，不分现代古代，只要是好的东西就喜欢。虽然没什么了不起，但也是一个好事之徒，趣味人生吧。

从这种立场上不客气地说，我对现代陶工们有所不满，所以请自隗始，自己开始研究。况且我还研究美食，还有研究美食这个事业，也有研究食物的衣服的责任，所以更应该努力研究创作陶瓷器。

因此时尚的各位陶瓷作家也不要把鄙人当作敌人看待，也不要觉得我是一个故意捣乱的人，请开阔胸襟，把鄙人当作同业同好的一个人，一起交流，共同进步。

恰逢本次在大阪举办鄙人的最新陶钵展，展览鄙人最新的陶器茶碗等，敬请诸位光临指导。如蒙指教二三，不胜荣幸。

不论绘画还是陶器，或者其他任何艺术，若是作品已死，则无可救药。

所以如果诸位大家认为鄙人本次展示的陶器都是死作，都是一朝一夕临时抱佛脚制作出来的，那么鄙人可能将当场决定从此不再做陶。相反，如果诸位觉得鄙人的作品虽然幼稚，但气韵生动，富有生命力，我将更有信心，精心钻研，以期为后来者留下若干有用的东西。

（1936 年）

我的近况

早睡晚起，喜睡午觉。这不是什么歌词或标语，这是我最近一段时间的生活。

在这短暂的活动时间中，用最少的时间，做超出常人一倍的工作，这就是我的魔法。窍门当然不能说，但我比常人加倍努力是真的。而我热爱着自然的风物。没有自然美的生活不是我的生活。只有满堂金玉，我是不会满足的。

自然美是我的神明，名器名品等美术品是我的良师益友，对此，我深表敬意。

我一直觉得我的作品明天会更好，下个月会更好，明年会更好。到底能拖延到何时，到底能有何种进展，我自己也聊有兴味。

我对争胜好强与人争斗没有任何兴趣，催我是没用的。但是我也从未在一个地方停步不前。日日努力，天天学习。

（1953年）

漫游欧美前夕作品展致辞

有朋友极力推荐，我希望今年秋天能去欧美漫游一趟。去的话要是飞机出事或者发生其他意外也许就回不来了。

也不是说因此我要多加小心，只是觉得应该尽可能做多一些作品留存下来。我以这种心情把茶碗、花器等各种作品装窑烧制。

希望得到各位的支援，尽可能达到目的。

往好里想，如果顺利，能了解法国大餐的精髓，回国后把有关日、法、中料理的随想记录下来，能出版则再好不过。

我总认为在这个世界上最为困难的是理解美术和食物。食物只看照片是不知道是否好吃的，所以我每日梦想着去直接品尝一下法国菜。这也是这次漫游的一个重要目的。

（1953年）

鲁山人归国首届展览会致辞

去欧美转了一圈是转了一圈，但也只有如下一点感想：

一、老一代与现在的青年们完全不同

二、什么话都不会说

三、自己不能随便用钱

四、聊以自慰的是还能尝出食物是否好吃

五、也能看懂古代美术品的好坏

除此之外，什么都不懂。知道了现代料理哪国都不行，美术品不管哪个国家只要是千年以上的都令人佩服。明确了这一点对我来说就已经足够了，其他其实都无所谓。在美国的学校讲过几次话，但也都是无足轻重的。

从欧美漫游回国后我的作品是不可能马上就有什么特别变化的。如果那样我将鄙视自己。

（1954年）

新潟展览会致辞

机会成熟果真是一个很奇妙的事情，而我的作品也终于出现在新潟，出现在各位的面前。

因为我一直号召进行艺术革新，所以我的作品虽然也尊重传统，但也基本无视传统。

我不知道自己十年后还能做出什么。但有此机会，能在诸位大家面前献丑将不胜荣幸。我将从诸位的批评眼光中学到很多东西。

（1955 年）

鲁山人回国一周年作品展　于金泽

传统应该受到尊重。而且应该被正确掌握和理解。但是现在的很多陶瓷作家旧态依然，因循守旧，令人恨铁不成钢。有心者一定是等待百年河清的心情。但是必须承认，其实造成这种现状的原因也有鉴赏家的责任。妥协的眼光，追从的眼光，导致了所谓艺术的堕落，而堕落的艺术反过来又影响了鉴赏家的鉴赏能力，使得现代美术界陷入了一种极端的恶性循环。我希望把这种鉴赏力也进行革新，幸运的是世人皆知加贺[1]雅士多识文采。我更想知道诸位雅士如何发挥鉴赏眼光。

（1955 年）

1　加贺：古国名。今石川县一带。金泽为石川县最大城市。

鲁山人作陶展

回国后第三次出窑，这次做了很多茶碗，但与桃山时期人的作家神经有着根本的不同，所以自己看非常不满意，但都是自己尽力制作的，也只能如此。大概会被能欣赏古董的人所轻蔑，但也无法。

只能下一次更努力而已。老毛病，总是迟延，心中有愧，但我大概天生差一点什么，所以总是做不到心想事成。敬请笑涵。

（1955年）

鲁山人第五十次个展纪念展

人常说发挥个性，必须把这点作为重点。艺术家发挥个性不应该有任何顾虑，也不应该有那些谦虚周到的平凡的常识，虽然觉醒太迟，但我最近还是下了这个决心。

也许会被人骂作蠢货，也许会被人看作幼稚，但事实如此，没有办法。

陶艺作家什么的，只不过是因循守旧混日子而已，我四周都是这种人物。

总之，别人是别人，我自己首先要打破陋习的束缚。这就是我最近的心境。

（1956 年）

鲁山人作备前烧个展

　　备前的陶土世间少见。

　　这种陶土具有的那种美，或者说不美之美，表现了一种"味儿"。

　　这种陶土才可称作无与伦比。有一种南蛮陶土[1]虽然有点像，但"味儿"稍嫌不足。备前烧刚出窑时颜色刺眼，有缺陷，但随着日常使用，马上就会出现令人耳目一新的魅力。

　　我们经常提到的"古备前烧"，都是在三百年前、五百年前美术作家黄金时期出现的。陶土的魅力与古陶器作家的能力有机结合，创造出了无限精美的陶器。

　　现在虽然也有同样的陶土，但没有了当年的作家。很遗憾，无奈，老夫虽知冒昧，但也只好亲自出马，研究并创作备前陶器。

　　随着时日经过，逐渐做出眉目。

　　在此谨把努力的结果展示给诸位后辈。唯一顾虑的是，担

1　南蛮陶土：烧制南蛮烧的陶土，古代从以中国南部为中心，包括安南、暹罗等地传到日本的粗陶器称为南蛮烧。多为不施釉的紫黑色器物，与备前烧相似。

心自己对古备前过于倾心，陷入模仿，制作赝品。老夫愿以习古之心往前走。

期待诸位方家的顶门一针。

（1956年）

鲁山人会成立致辞　我的人生

人们认为我的日常行动比较排他，也误认为我是一个遁世家。这是因为我从三十年前就离世隐居，不与人交往了的缘故。

我是与生俱来喜欢"美"。人工制作的美术品虽然也很敬重，但绝对喜欢的是自然美。"自然美礼赞一边倒"。不论是山还是水、石头、树木、花草，不用说还有禽兽鱼虾等，只要是自然的，我都觉得是美的，我都喜欢得不能自已。

所以是绝对的喜欢。没有自然美我将不能生存。我对不懂自然之美的画家或者美术家等的任何努力都毫无兴趣。所以不喜欢夜晚的室内空间。因为哪怕摆设着美术品，也看不到自然。就是说不可能像一般人那样过夜生活。我像山上的鸟一样日落而息，所以每日要睡九个小时以上。烧窑的时候晚上也没有烧过。所以我对世人关心的比赛优胜之类的没有兴趣。即使被人笑话，也还是喜欢小原庄助[1]，想像他那样生活，但苦于现实不允许。我从来都很害怕世人的误解。但如果世人不误解我，真正认识我了，那才是最为恐怖的。因此，我有假装老实的毛病。

（1956年）

《鲁山人作陶集》寄语

自称过着雅陶生活，潜心研究三十年，揉捏泥土，揣摩火候，至今不渝。

但是，说起容易做起难，困难程度超出想象，常常觉得会以感叹古人真是伟大而结束一切。

明天一定更好、今年一定更好、明年一定更好……似乎一直干劲十足，但不论创意还是创作却一直做不出自己满意的。即使被看作凡庸，但总期待明天更好，这是我的现实，于是就有了本集收录的拙作。或说只不过是一个个性极强的恶作剧吧。

（1957年）

1　小原庄助：流传于福岛县会津地区的民谣《会津盘梯山》歌词中出现的一个人物，是否实在有争论。歌词云此人"不工作，喜睡懒觉、喜喝早酒、喜洗早浴，最终把家产挥霍一空"。

《鲁山人作陶集》序

我在镰仓大船的作陶生活也有二十多年了。在这二十多年中，我主要把心用在如下两件事上：一是注意观赏数倍超越木米的古陶瓷器；二是注意不要被陋习所束缚。我的愿望只是率直、自由地创作，自知不足，也是全身心投入善恶合一、美丑不二的创作欲望中，其他愿望则一概没有。计划将与如此境界对决而做的作品的写真辑录成集，仅供各路方家垂览批评，先按顺序邮送一年的十二张，并附拙画，恭请赏存。敬请留意为上。

（1957 年）

第五十二次鲁山人展

我在镰仓大船的作陶生活也有二十多年了。在这二十多年中，我主要把心用在如下两件事上：一是注意观赏数倍超越木米的古陶瓷器；二是注意不要被陋习所束缚。

我的愿望只是率直、自由地创意创作，自知不足，也是全身心投入善恶合一、美丑不二的创作欲望，其他愿望则一概没有。仅供各路方家垂览批评。总之，鄙人唯欲追求艺术，专心重视陶器之魂。

（1957 年）

267

第五十三次鲁山人作陶展

应该写几句话，但本不善用笔的我却不知说什么为好，亦无话可说。或说不会取悦世人的无用之词似为鄙人随身携带物品一般。

虽挚爱陶土，但不尽随意而为。

在此心情下，一日一日，随风而去，任情而做。

如避世般生活数十年，形成了常有的那种不被人见好的怪癖。我甚至迷茫，这样的人来名古屋到底是好还是不好。

但是我不可能离开追求自然美的生活。名古屋人应该也是如此。我期待与以喜爱茶道为特征的名古屋人促膝欢谈，产生日本茶道的自然美和人工美。我认为自己还是有与名古屋人谈论此事的资格的。因为我每日的工作便是如此。请大家与我握手，与我欢谈。一起享受人生，一起努力生存。不论在此是否被大家厌恶，是否被大声批评，这些刺激，都会令我意志更加坚强。不论赞扬还是批判，任何哪怕微小的意见看法都不需客气，都请宣泄出来。

（1957年）

第五十四次鲁山人展

在一个小会上，我发言说鄙人也快走到人生终点了，就有轻浮滑稽的人好像终于等到这一天似的，显出得意的表情，还有人露骨地说自己的人气从此便将上升。我觉得这完全是因我说话不注意所致，但同时也想自己一直顺其自然。一直不甚满意的研究到底能持续到何日？看来也只能随风而去了。

（1957 年）

第五十五次鲁山人展

又来到京都了。每次都打扰各位。不过我本来就是京都人，所以请大家凑个热闹。此次展示的是备前陶土作品，如果觉得有意思就算有意思。我是一个完全不懂所谓的前卫派的守旧派，但也并不是纯粹的守旧派。

总之，鄙人既不是陶人，也不是书法家，鄙人像是一个稀奇古怪的顽皮少年。谨博一笑。

（1957 年）

鲁山人雅陶展

经常说自己独创，说自己是独思，但其实总是陷入卖弄雕虫小技的小聪明。

我基本上有这个坏毛病。不过天生就这么一点能力，也是无法。羞愧汗颜，请多包涵。

我希望获得素养的自由，我希望有自然美显示的那种坚韧不拔的、自由的、真正的美。

但总是不容易得到，唯有日日烦恼。

（1958 年）

鲁山人窑艺研究所简介 [1]

位置：鲁山人窑艺研究所位于神奈川县镰仓郡深泽村山崎地区。

从东京坐列车，或者坐开往横须贺的路面电车，约需四十五分钟。在大船站或北镰仓站下车均可，然后从大船站乘开往镰仓的公交车，到小袋谷或役场前站下车，在西南方向便能看到一些矮矮的丘陵小山。然后向那个方向走曲里拐弯的村道，不要数分钟，就能看到在小丘陵突出部分开凿的山路。

〇卧龙峡　此山路鲁山人命名为"卧龙峡"。卧龙峡左右为绝壁，拐几个弯就能通到山顶，但白昼也是昏暗，一副寂静幽谷状态，若在此发声，马上如在洞窟一般响起回声。为了不使小型汽车蹭到两边绝壁，凿开拐角弯路，才终能通过。是一

1　此简介原载于 1937 年东京火灾保险株式会社创立五十周年纪念品《鲁山人作陶》小册子。鲁山人逝世后，水田被建为当地小学，为建小学卧龙峡亦被推平。母屋被移居到茨城县笠间，现为日动美术馆分馆"春风万里庄"。其他建筑于 1998 年被管理人放火烧毁。登窑被当地陶艺爱好家活用，未开放。

条非常狭窄的山道。

　　〇**窑艺研究所眺望**　如此走过卧龙峡后，然后就是开阔的全景。眼前的谷地山寓，便是鲁山人陶艺研究所。首先映入来访者眼帘的是如大寺院一般的茅草大屋，来访者当为之惊叹不已。此为鲁山人住居，在此窑场被称作"母屋（正房）"。然后环视四周，有几座互相交错、缓缓起伏的小山，在茂密的松林间，有耕作的梯田，远处有翠绿的竹林。在这些翠竹松林之间散布几栋建筑。"母屋"已经说过，其余即为"古陶瓷参考馆""梦境庵""工场""窑场"，等等。下边按顺序详细解说。

　　〇**庆云阁**　穿过卧龙峡，看到母屋后，第二座映入来访者眼帘的是一栋特别的古老茅草房顶建筑，坐北朝南，三面有走廊，正面有台阶。这是相州高座郡御所见村与伊藤家有关的一座历史建筑。远在三百年前，德川家康将军便曾驾幸于此；近代更是天降大幸，明治天皇于明治十四年四月二十八日及三十日两日，在御览近卫兵不期对抗运动时御驾于此小憩；后有已故伏见宫贞爱亲王殿下、闲院宫载仁亲王殿下下榻一日；昭和初期，幸有已故久迩宫邦彦王殿下莅临。后鲁山人幸得此历史建筑，移筑于此。

　　此庆云阁在此山谷即为贵宾馆，在此处住人之间被称为"行在所"。

　　昭和三年十二月二十日，已故久迩宫邦彦王殿下与王妃莅临此地，游山玩水，终日兴致甚高，不胜荣幸。

　　已故久迩宫邦彦王殿下当时挥毫彩绘的瓷器已秘藏，挥毫书写的"愿禅"匾额亦高悬于室，描写本窑场风景的诗作亦被书写在皇室专用御纸上，在昭和四年一月殿下驾崩后，在殿下私物中发现此大作，宫家特意下赐鄙人。此作或许为殿下绝笔。

庆云阁庭院为草坪，有泉水，水池种有睡莲，锦鲤畅游其间。

〇**古陶瓷参考馆** 庆云阁左手边往里，是一座有大玻璃采光窗的白色平房建筑，此即古陶瓷参考馆。陈列品有中国汉、唐、宋、明、清各朝代的代表作，青瓷、宋窑、古五彩瓷、古青花瓷以及其他各种中国陶瓷器；朝鲜、高丽青瓷、有名茶器（井户茶碗、吴器等）以及其他李朝陶瓷器；还有南蛮红毛各种陶瓷器；日本古陶有古九谷、古唐津、古濑户、古志野、黄濑户、古织部、古伊贺、古信乐、古备前、古萩、古清水、湖东烧、九州诸窑产陶瓷器、御庭烧等；其他还有光悦、乾山、仁清、木米、柿右卫门、庄米等名工大作，不胜枚举，总数约达三千五百件。

学者的图书室收藏古今东西名著，如学者自己书斋亲炙一般，陶作者鲁山人把古雅陶当作学者的书籍，交流并学习。因此馆内能悬挂有德川家各位大人、已故斋藤实子、帝室博物馆已故总长大岛[1]、帝国美术院前院长正木[2]、根津青山[3]老先生等

1　大岛：指大岛义修，教育家。1923—1932年任帝室博物馆总长。

2　正木：指正木直彦，文部省官僚。曾任东京美术学校（今东京艺术大学）校长。1931年起任帝国美术院院长。

3　根津青山：指根津嘉一郎，政治家、实业家。参与东武铁道等铁道事业，被称作"铁道王"。喜茶道，茶人雅号为"青山"。

挥毫的"温故知新"等匾额，理由也正是在此。

○**窑场及工场**　本研究所最主要的建筑是大小两个窑，都是濑户式登窑（阶梯窑）。另外还有素烧窑、金窑等。与此相辅，在制作陶器坯体的工场（辘轳场）有数名在鲁山人指导下日夜钻研的研究员，日无宁日地等待鲁山人制作。鲁山人亲自旋转辘轳拉坯、彩绘、施釉、观察窑温等，所有的工程都亲自操作过问。

○**梦境庵**　梦境庵修建在与第一大登窑和制陶工场三足鼎立的地点，隔着斜坡菜园，能从侧面俯瞰母屋大房顶。这座茶室建筑是一座兼有茶室的潇洒的乡村房屋。或者招待客人清谈艺话，或者挥毫书画，山中呈现出一副不知今日为何日的趣向。

○**母屋**　此建筑始建于天保初年，为本地豪族作为自用住宅修建，现为鲁山人住居，是鲁山人雅美生活的根据地。

要进母屋，必须先穿过远离玄关的古老风格的茅草顶门楼。门楣上悬挂着梦窗国师[1]挥毫的"梦境"二字匾额。门对面左边有古石柱一根，上雕"我此土安稳，天人常充满"。到访此处的每个人都不得不看到此石柱，这无疑应该是一个有怀古雅趣，信仰虔诚的人士留存下来的。我甚至觉得自己是被此人所召唤而来。

走到母屋，玄关是有房檐的高级扁柏木台式玄关，仰头能

1　梦窗国师：指梦窗疏石，镰仓时代末期至室町时代初期临济宗禅僧。1335 年被后醍醐天皇赐名"梦窗国师"。

看到"五明山"木匾。玄关前有大型水井方木水池，池中充满清水。前面种植有绿篱，绿篱有侧门，门上有"孤蓬"匾额，匾额上有春屋禅师[1]落款。

推开玄关旁边的大门，里边是宽敞的土地，通向餐厅、厨房、浴室，左手边是古代西洋风格的客厅。有黑光油亮的扁柏圆木和自然石结构的火炉。这是带大理石壁炉台等的近代建筑不可能有的古雅之趣，另外还有彩色玻璃的槅门，隔墙上是中国的古老彩绘玻璃，古老的透笼板。博古架上陈列着古董，地板用古木材，木材切口向上，做成有新创意、新设计的贴砖（式）地板。打磨光滑后，地板生辉。这种以异国情调为基调，结合东方趣味的古雅氛围，折服所有造访客人，使大家不得不佩服鲁山人的慧眼。

关于母屋，若还要介绍榻榻米客厅、茶室、浴室、卫生间等，那再有几张纸都不够，在此割爱不表。鲁山人在这七千余坪的广大土地上，把制陶研究所建设成了一座自然与人工有机调和的艺术殿堂。鲁山人在这里顺应自然，尽情作画、写字、制陶、篆刻、料理，或鉴赏艺术，过着随心所欲的艺术生活。

（原文如此）

1　春屋禅师：指春屋宗园，安土桃山时代至江户初期临济宗禅僧。谥号"郎源天真禅师"，故名。与千利休等茶人有深交。

北大路鲁山人年谱

明治十六年（1883）　出生

三月二十三日，出生于京都府爱宕郡上贺茂村第 166 番地。本名房次郎。为上贺茂神社社家北大路清操次男。父清操于前一年十一月二十二日死去（40 岁）。出生后不久即被送往滋贺县滋贺郡坂本村农家做养子。

明治二十二年（1889）　6 岁

四月四日，与坂本村农家脱离抚养关系，六月二十二日，成为京都市上京区竹屋通小川西入东竹屋町四三八番地福田武造家养子。福田武造是木板雕刻师。上京区丸太町梅屋寻常小学校入学。

明治二十六年（1893）　10 岁

梅屋小学毕业（四年制）。毕业同时开始当学徒。

明治二十九年（1896） 13岁

一月回到养父家。希望上京都府画学校，但不被养父允许。遂在家帮做家务并协助养父工作。

明治三十二年（1899） 16岁

开始画当时流行的西洋招牌，获得收入，开始研究书法。

明治三十六年（1903） 20岁

因近视未通过征兵体检，获免兵役。因故获知自己本家为北大路家系，产生荣耀感。又获知生母现居东京，遂上京。打听到生母居所，拜访生母，却受冷待，颇为消沉。

明治三十七年（1904） 21岁

十一月，隶书"千字文"入选日本美术展并获一等奖，后被宫内大臣田中光显子收购。

明治三十八年（1905） 22岁

师事京桥南鞘町书法家冈本可亭，住冈本家，成内弟子。冈本可亭为名画家冈本太郎祖父。

明治四十年（1907）　24 岁

离开冈本可亭，在中桥和泉町租房，挂牌教授书法。号"福田鸭亭"。从京都叫来安见（后结为夫妻），以制作招牌、教授书法等为生。

明治四十一年（1908）　25 岁

二月，与安见结婚。七月长子出生。

明治四十二年（1909）　26 岁

这一时期，主要以书写招牌、篆刻为生。给《实业之日本》《日本少年》《少女之友》等杂志题刊名。

明治四十三年（1910）　27 岁

与生母一起赴朝鲜汉城。

明治四十四年（1911）　28 岁

就职于朝鲜京龙印刷局，主要工作为抄写公文原稿等。同时继续学习篆刻，赴各处参观学习古石碑、铭砖、古寺庙、古美术等。次子出生。母五月回国。

明治四十五年（1912）　29 岁

年初（一说前一年年底）赴上海造访吴昌硕。归国后住京桥南鞘町。从京都接回妻子与二子。以书写招牌、篆刻、教习书法为生。

大正二年（1913）　30 岁

此时号福田大观。拜访近江长滨纸文具商河路丰吉，经介绍给当地富贾雕刻匾额。认识竹内栖凤；结交京都富豪美术品收集家内贵清兵卫，深受影响。在内贵邸结识众多内贵食客，鲁山人艺术才能逐步开花。经内贵介绍，隐居泰产寺，日夜习书篆刻。

大正三年（1914）　31 岁

六月，与日本桥书籍商人松山堂次女定下婚约。十一月，与原配离婚。

大正四年（1915）　32 岁

五月，长子成富田家继承人，自身复归北大路姓。后半年游学北陆路。在金泽初识细野燕台。在山代温泉须田菁华窑初学青花绘和五彩绘。

大正五年（1916）　33 岁

一月，经细野燕台介绍，与金泽怀石料理店"山之尾"主人太田多吉相识。经常出入"山之尾"，其间学会料理、待客、食器用法等。一月二十八日与第二任夫人结婚，住神田区骏河台红梅町。四月赴京都，住内贵清兵卫邸。

大正六年（1917）　34 岁

认识便利堂主田中传三郎之弟中村竹四郎。

大正八年（1919）　36 岁

此一时期，在自家门楣悬挂"古美术鉴定所"匾额。五月，租京桥南鞘町小店铺，与中村竹四郎一起开"大雅堂艺术店"。

大正九年（1920）　37 岁

一月，"大雅堂艺术店"改称"大雅堂美术店"，主营古美术品。二月十一日，生母死去。此时开始，为出入大雅堂美术店顾客提供料理，受到好评。

大正十年（1921）　38 岁

四月，与志同道合者同组"美食俱乐部"。

大正十一年（1922）　39 岁

美食俱乐部在东京美食家之间受追捧。

大正十二年（1923）　40岁

在须田菁华窑做陶器。九月一日，关东大地震，大雅堂美术店烧毁。年底，在芝公园内租"花茶屋"，重开美食俱乐部，盛况空前。

大正十三年（1924）　41岁

一月起，寄宿京都初代宫永东山处。尝试制作青瓷。与东山窑荒川丰藏相识。租借日枝神社境内星冈茶寮，十一月，分发"美食俱乐部经营星冈茶寮再兴意向书"。

大正十四年（1925）　42岁

三月二十日，星冈茶寮开张。十二月，在茶寮内举办"第一次鲁山人习作展"（展示书法及陶器作品）。

大正十五年（1926）　43岁

五月，在星冈茶寮内举办"第二次鲁山人习作展"（展示书法、绘画、雕刻、陶瓷器、漆器等）。九月，次子死去。秋天开始，在镰仓山崎借地筑窑，名星冈窑。

昭和二年（1927）　44岁

二月，召请京都宫永东山窑荒川丰藏到山崎。五月，星冈茶寮内举办"第四次鲁山人习作展"。十月，在镰仓山崎居所设立"鲁山人窑艺研究所"。十月二十五日，与中岛清结婚。

昭和三年（1928）　45岁

二月四日，长女出生。五月，朝鲜南部窑遗迹视察旅行。六月，久迩宫邦彦王殿下夫妻访问星冈窑。六月，在日本桥三月举办"星冈窑鲁山人陶器展"。十二月，久迩宫邦彦王殿下夫妻再次访问星冈窑。

昭和四年（1929）　46岁

三月，在日本桥举办"鲁山人陶瓷器作品展"。四月，在金泽、福井举办陶瓷器和画作展销会。十月，在大阪三越百货店举办"鲁山人陶瓷器展"。

昭和五年（1930）　47岁

四月，在名古屋松坂屋百货店举办"星冈窑主作陶展"。五月、六月，与荒川丰藏一起发掘大萱牟田田洞窑、窑下窑、太平窑等遗迹。十月，《星冈》第一号发刊。十二月，田中传三郎死去。接任便利堂社长（经理）。

昭和六年（1931）　48岁

八月，便利堂出版《古染付百品集》上卷。

昭和七年（1932）　49 岁

一月，《古染付百品集》下卷出版。三月，《鲁山人家藏百选》《鲁山人作陶百影》第一辑出版。九月，《星冈》改为月刊杂志。

昭和八年（1933）　50 岁

银茶寮开业。《鲁山人印谱》《鲁山人小品画集》（第一辑至第五辑）出版。此时开始制作志野烧。

昭和九年（1934）　51 岁

招待各界名人在星冈茶寮召开书道座谈会，以"习书要诀"为题做数次讲演。九月，在上野松坂屋百货店举办"北大路家收藏古陶瓷展览会"。

昭和十年（1935）　52 岁

一月，在上野松坂屋百货店举办"鲁山人作陶百种展观"。展示新筑登窑新作。二月，在大阪日本桥松坂屋百货店举办"北大路家收藏古陶瓷展览会"。十一月十日，大阪星冈茶寮开业。

昭和十一年（1936）　53 岁

三月七、八日在东京，二十一、二十二日在大阪星冈茶寮分别举办"鲁山人近作陶钵展示会"。六月，在大阪梅田阪急百货店举办"北大路鲁山人氏新作画发表鉴赏会"。七月十三日，被星冈茶寮开除。

昭和十二年（1937）　54 岁

获东京火灾保险株式会社创立五十周年纪念品大订单。

昭和十三年（1938）　55 岁

六月，《雅美生活》创刊。七月十八日，离婚。十一月，在银座三味堂举办"鲁山人近作小品画展"。十二月，与料理研究家熊田结婚。

昭和十四年（1939）　56 岁

三月，新婚妻子出走。十二月，在日本桥白木屋开设"鲁山人优良味觉研究所卖场"（"山珍海味俱乐部"）。在大阪举办"鲁山人作陶展"。

昭和十五年（1940）　57 岁

十二月，与新桥艺伎梅香（中岛那珂能）结婚。

昭和十六年（1941）　58 岁

十二月二十二日，结发妻子安见死去。

昭和十七年（1942）　59 岁

与中岛那珂能离婚。在金泽工匠协助下，专心制作漆器。

昭和二十年（1945）　62 岁

五月二十五日，因美军空袭，星冈茶寮烧毁。之前大阪星冈茶寮亦受空袭烧毁。

昭和二十一年（1946）　63 岁

五月，在银座五丁目开设鲁山人工艺处"火土火土美房"，专卖自制陶瓷器。窑场改称"鲁山人雅陶研究所"。

昭和二十三年（1948）　65 岁

秋，在日本桥三越百货店举办"鲁山人绘画展"。

昭和二十四年（1949）　66 岁

四月，在金泽市成巽阁举办"鲁山人作品发表会"。

昭和二十六年（1951）　68 岁

巴黎赛努奇博物馆 (Cernuschi Museum) 举办"现代日本陶

艺展"，鲁山人陶作参展。受毕加索关注。三月，在丸之内工业俱乐部举办"鲁山人展"。十月，在日本桥高岛屋百货店举办"北大路鲁山人展"。十二月，在丸之内工业俱乐部举办"鲁山人小品绘画及书道展"。

昭和二十七年（1952）　69 岁

五月，到备前伊部访问金重陶阳，尝试制作备前烧。六月，鲁山人的生活志《独步》创刊。十月，日本桥高岛屋百货店举办"鲁山人作陶研究二十五年纪念展"。十二月，在丸之内工业俱乐部举办"鲁山人新研究（雅陶）展示会"。

昭和二十八年（1953）　70 岁

一月，洛克菲勒三世夫人访问山崎鲁山人居所。三月，在东京国立博物馆讲堂发表"前辈陶人之我见"讲演。四月，在日本桥壶中居举办"备前作品展"（鲁山人居所新筑备前烧窑）。十二月，丸之内工业俱乐部举办"鲁山人欧美漫游前作品展"。

昭和二十九年（1954）　71 岁

一月，在日本桥高岛屋百货店举办"鲁山人欧美漫游前作品展"。四月三日到六月十八日，历游美国、欧洲各地。四月下旬到五月初，在纽约现代艺术博物馆举办"鲁山人展"。十月，在日本桥高岛屋百货店举办"鲁山人回国首届展览会"。

昭和三十年（1955）　72 岁

六月，在新潟市锅茶屋举办"鲁山人作品展"。七月，在高岗市美术馆举办"回国纪念展"。七月，在金泽美术俱乐部举办"鲁山人展"。十月，日本桥高岛屋百货店举办"鲁山人展"。春秋两次在京都美术俱乐部举办"鲁山人作品展"。

昭和三十一年（1956）　73 岁

春秋两次在京都美术俱乐部举办"鲁山人作品展"。九月，在日本桥高岛屋百货店举办"第五十次个展"。

昭和三十二年（1957）　74 岁

六月，分别在日本桥高岛屋百货店和大阪高岛屋百货店举办"新作雅陶展"。十月，在名古屋近铁百货店举办"第五十三次鲁山人作品展"。十二月，在京都美术俱乐部举办"第五十四次鲁山人作品展"。

昭和三十三年（1958）　75 岁

五月，在日本桥高岛屋百货店举办"鲁山人作陶展"。六月，松江市公会堂由岛根新闻社主办"鲁山人作陶展"。十月，在京都美术俱乐部举办"鲁山人作陶展"。十二月，日本桥壶中居举办"鲁山人近作陶展"。

昭和三十四年（1959）　76 岁

十月，在京都美术俱乐部举办"鲁山人书道艺术个展"。
十一月二日发病，四日入院。十二月二十一日去世。

昭和三十五年（1960）

四月十二日到十七日在日本桥高岛屋百货店举办"鲁山人
遗作展"（展出陶瓷器及书法作品等）。

（本年谱根据鲁山人研究家平野雅章先生作《北大路鲁山
人年谱》编译，在此谨表谢意）

图书在版编目（CIP）数据

鲁山人陶说 /（日）北大路鲁山人著；何晓毅译 .
-- 北京：北京联合出版公司，2019.8
ISBN 978-7-5596-3135-0

Ⅰ.①鲁… Ⅱ.①北… ②何… Ⅲ.①散文集—日本
—现代 Ⅳ.① I313.65

中国版本图书馆 CIP 数据核字 (2019) 第 064989 号

鲁山人陶说

作　　者：[日] 北大路鲁山人
译　　者：何晓毅
策 划 人：方雨辰
策划编辑：陈希颖
特约编辑：吴志东
责任编辑：牛炜征
封面设计：尚燕平

北京联合出版公司出版
（北京市西城区德外大街83号楼9层　　100088）
北京联合天畅文化传播公司发行
山东临沂新华印刷物流集团有限责任公司印刷　新华书店经销
字数199千字　787毫米×1092毫米　1/32　10印张
2019年8月第1版　2019年8月第1次印刷
ISBN 978-7-5596-3135-0
定价：56.00元